언니의 발렌키

도서
출판 문장

언니의 발렌키

1판 1쇄 인쇄 2023년 3월 20일
1판 1쇄 발행 2023년 3월 25일

발행처 도서출판 문장
발행인 이은숙

등록번호 제2015-000023호
등록일 1977년 10월 24일

서울시 강북구 덕릉로 14(수유동)
전화 02-929-9495
팩스 02-929-9496

• 정가는 뒷표지에 있습니다.

언니의 발렌키

2023

도서출판 문장

차례

3부
초대
문인

문학을 사랑하는 마음

글이란 글자를 이용해 쓴 작품이나 글 혹은 여러 가지 작품들을 의미합니다. 글은 인문학, 과학, 생물학, 역사 등 다양한 분야에 걸쳐 글을 쓸 수 있습니다.

인공지능 ChatGPT가 '글이란 게 무엇이냐?'고 한 나의 질문에 해준 대답입니다. 내친 김에 하나 더 물었습니다. 토요일 오후인 지금 무슨 글을 쓰면 좋겠냐고요.

해가 저물고 그늘 사이로 보이는 나무들 새김이 보기 좋은 오늘의 토요일. 어디로 비켜서 다시 활기 있는 노랫말로 가는 길을 떠나고 싶다. 걱정 말고, 스트레스 없는 일상들에 대한 반복적인 감사의 마음으로 저녁의 바람이 스쳐 지나며 밤하늘 깊어지는 것을 지켜보고 싶다. 따뜻할 때마다 나를 힘내주는 특별한 이런 날들이 그리운 마음 넘치는 토요일입니다.

얼핏 보면 뭔가 있어 보이지만 알맹이는 없는 글로 화답합니다. 이렇게 인공지능이 글을 쓰는 시대가 되었습니다.

코로나19로 인해 위축된 사회 분위기 속에서 뭔가 해보자는 뜻에서 글 쓰는 사람들이 만든 문집이 3호로 나올 동안 세상은 무섭게 변했습니다. 코로나도 물러갔는데 이제는 또 다른 인공지능이 우리에게 훌쩍 다가왔습니다. 글로벌 대기업들은 서로서로 인공지능을 경쟁적으로 개발하고 있습니다.

　이제 문학은 어디에 써먹어야 할까요? 인간은 도대체 무엇을 할 수 있을까요? 어쩌면 우리는 우리 문집의 표제대로 한번만 쓰고 버리는 언니의 발렌키를 어떻게든 살려 쓰겠다고 먼지를 털고 닦고 말려 다시 신어보려 애쓰는 것은 아닐까 싶습니다. 그 마음은 사랑이라고밖에는 달리 표현할 길이 없습니다.

　사랑은 영원한 것이고 문학에 대한 우리의 열정도 영원합니다. 인공지능이 쓴 글과 사람이 쓴 글은 무언가 다르리라는 생각, 그것이 우리의 유일한 희망이며 이 문제를 대하는 우리의 슬기로운 자세일 것입니다. 아니 어쩌면 안간힘입니다.

　인류가 진화하면서 만들어 사용했던 글과 말, 그것을 창의성으로 만들어 내는 것이 인간의 특성입니다. 아무리 인공지능이 매끄러운 글을 써 내더라도 그것은 결국 인간들이 생성한 수많은 생각과 글들을 베낀 것에 불과합니다. 인간의 위대함은 새로운 것들을 지금도 만들어낸다는 것이지요. 문집 동인들의 노력은 그래서 고귀합니다.

　　　　　　　　　2023년 봄 북악의 기슭에서 저자 일동

강민아 김광섭 김용한 비
아 김광섭 김용한 박정
김광섭 김용한 박정원 소
섭 김용한 박정원 소다
김용한 박정원 소다희 신
한 박정원 소다희 신원
박정원 소다희 신원건
원 소다희 신원건 강민
소다희 신원건 강민아
희 신원건 강민아 김광
신원건 강민아 김광섭
건 강민아 김광섭 김용
강민아 김광섭 김용한 비

1부

강민아

김광섭

김용한

박정원

소다희

신원건

언니의 발렌키

강 민 아

"이 시간에 무슨 일이야?"

졸린 눈을 비비며 나는 수화기 반대편의 언니에게 물었다.

"무슨 놈의 택배가 끝도 없이 와. 더는 택배 올 거 없지? 이미 캐리어 터질 것 같으니까 인제 그만 시켜. 젓갈은 명란젓이랑 낙지젓만 사면 돼?"

캐리어와 씨름을 하는 모양인지 언니의 목소리에 새끼 고슴도치처럼 말랑한 가시가 돋아있었다.

"응. 내일 배송되는 게 끝이야. 젓갈은 그거면 돼. 젓갈 장수한테 꼭 외국에 갖고 가는 거니까 진공포장 꼼꼼하게 해달라고 해, 알았지? 근데 언니 지금 여기 몇 시인 줄 알아? 여긴 새벽 네 시야. 한국보다 여섯 시간 느리다고 몇 번을 말해도. 맞다, 언니 신발 문수가 몇이야? 한 260 정도 되나?"

나도 슬쩍 투정을 부리며 언니에게 물었다.

"야, 내가 무슨 260이야? 나 250 신어, 얘는. 조금 이따 노량진 수산시장에 갈 거라 마지막으로 확인차 전화한 거야. 아무튼 먹고 싶은 거 진짜 더 없는 거지? 그럼 마저 자."

언니는 아랑곳하지 않고 내게 더 말할 틈도 주지 않은 채 전화를 끊어버렸다.

그녀의 전화에 일찍 눈을 뜬 나는 침실로 돌아갈까 하다가 그대로 거실 소파에 눌러앉았다. 그리고는 휴대폰으로 인터넷 쇼핑을 했다. 러시아 인터넷쇼핑몰 앱에 나는 러시아어로 валенки (발렌키)를 적었다. 발렌키는 양모펠트로 만든 러시아 전통장화였다. 내가 발렌키를 신게 된 것은 작년 겨울 일이다.

신년 연휴를 맞아 온 가족이 모스크바 근교의 오래된 도시로 여행을 갔었다. 우뚝 솟은 커다란 크리스마스트리가 광장 중앙에서 새해를 받들고 있었다. 트리 주변에는 유럽의 여느 크리스마스 마켓처럼 제법 사람들이 북적거리는 장이 섰고, 상점 옆 꽁꽁 언 빙판이나 눈을 뭉쳐 만든 미끄럼틀에서는 아이들이 스케이트 혹은 썰매를 탔다. 트리 뒤편에는 양념에 재운 닭이나 돼지, 소, 양 등의 고기를 기다란 쇠꼬챙이에 꽂아 자작나무 숯에 굽는 샤슐릭 냄새가 거무룩한 연기와 함께 모락모락 피어올랐다.

나는 아이들의 손을 잡고 기념품 가게 앞을 구경하다가 여러 그림의 수가 놓인 크림색 장화에서 눈을 뗄 수 없었다. 손뜨개 양말과 함께 진열된 동그란 코의 장화가 너무나 귀여웠기 때문이다. 어떤 질감인지 궁금하여 장갑을 벗어 발렌키의 둥근 코를 만지는 내게 신발 장수가 다가와 자신의 신발을 가리켰다. 그의 발렌키는 진열된 그것들보다는 투박하였으나 무척 튼실하고 따뜻해 보였다. 운전할 때 불편할 것 같다며 한사코 거절하는 남편만 빼고, 결국 그 자리에서 아들과 딸, 그리고 내가 신을 요량으로 발렌키 세 켤레를 샀다. 숙소로 돌아온 나는 유리구두를 처음 신은 신데렐라처럼 신이 난 표정으로 발렌키를 신고 거울 앞에 서서 요리조리 한참을 들여다봤다. 방수가 잘 안 되는 발렌키는 한 해 겨울용으로 만족해야 한다는 것도 그해 겨울 처음 알았다. 비싸지 않은 가격의 발렌키는 매년 겨울 새 신을 고르는 기쁨마저 안겨 주기까지 하니 더욱 내 마음에 쏙 들었다.

그리하여 올해는 언니와 조카의 몫까지 합하여 다섯 켤레의 발렌키를 골라 장바구니에 넣었다. 그 사이 어둑했던 새벽하늘은 서서히 아침을 맞이할 준비를 하며 밝아오고 있었다.

모스크바가 처음인 언니는 조카와 함께 다소 경직된 표정으로 세레메체보 국제공항 입국장으로 들어섰다.

"이모!"

딸아이가 제일 먼저 달려가 언니에게 안겼다.

"비행기 창밖으로 보는데 내가 진짜 러시아에 왔구나 싶었어."

러시아의 겨울 속으로 찾아온 언니가 말했다. 장거리 비행이 처음이었던 조카는 조금 지쳐 보였다. 집으로 향하는 차 안에서 조카는 금세 잠이 들었고, 언니도 나와 조금 수다를 떨더니 이내 곯아떨어졌다. 나는 차 트렁크에 겨우겨우 다 실은 커다란 캐리어 세 개와 어린 조카를 보며 고단했을 언니를 위해 입을 다물었다. 차창밖을 보자 눈이 내리기 시작했다. 세차게 내리는 눈 때문에 집까지 가는 데 걸리는 시간이 늘어나고 있었다. 평소 같았으면 교통체증을 유발하는 눈이 성가시고 얄미웠을 텐데 나는 슬며시 쾌재를 불렀다. 잠에서 깨어난 언니와 조카에게 눈꽃이 흐드러지게 핀 진정한 겨울 왕국을 보여줄 수 있게 되었으니 말이다.

"우와, 이게 네가 입이 닳도록 자랑했던 그 페치카구나! 진짜 여기에 장작을 넣고 불을 때는 거야?"

집에 도착한 언니가 눈에 젖은 자신의 운동화를 팽개치듯 벗어놓고 거실 한쪽 벽면에 자리한 벽난로 앞에 서서 말했다.

"그럼! 내가 언니 불놀이 실컷 하라고 평소보다 장작을 오십 망이나 더 사두었어. 지금 바로 불 피워볼까?"

내 말이 끝나기 무섭게 졸음이 가득했던 조카도 어느새 반짝거리는 눈망울이 되어 벽난로 앞에 앉았다. 그러더니 아이는 벽난로 옆에 마치 크리스마스트리의 소품처럼 가지런히 놓여있던 발렌키에 손을 뻗었다.

"우와, 이모 이거 산타할아버지가 선물 넣어주는 양말이에요? 되게 크다. 진짜 신어도 되겠어요!"

조카는 옆 부분에 초록 자동차가 수 놓인 발렌키를 자신의 발 옆에 갖다 대며 말했다.

"맞아, 그거 네 것이야. 이모가 준비한 러시아 환영 선물! 여기서는 이런 신발 신어야 해. 네가 신고 온 운동화로는 눈밭에서 단 십 분도 놀 수 없을 거야. 옆에는 언니 거야."

나는 불쏘시개에 불을 붙이며 말했다. 벽난로에서 한 시도 눈을 떼지 못하던 언니는 내 말에 고개를 돌려 조카의 발렌키 옆에 있던 자신의 것에 시선을 던졌다. 그녀는 아무 말 없이 태연하게 발렌키를 신더니 거실을 한 번 둘러본 후 다시 벽난로 앞에 우두커니 섰다. 처음 발렌키를 신고 호들갑을 떨던 나와 달리 언니는 물끄러미 자신의 발렌키를 내려다보더니 사진을 몇 장 찍는 게 전부였다.

내가 모스크바에 산 지 삼 년이 되어서야 처음 가족이 왔다. 코로나 때문이었고, 엎친 데 덮친 격으로 전쟁이 모든 것을 가로막았다. 남편이 주재원으로 모스크바 발령을 받아 이곳에 둥지를 튼 지 육 개월이 지났을 무렵 코로나가 전 세계에 알을 까기 시작했다. 비행기를 타고 해외여행을 간다는 계획은 많은 이들의 삶에서 윤곽을 드러내지 못하고 있었다. 누군가가 나를 만나러 이곳에 와준다는 것은 엄두도 낼 수 없는 나날이었고, 그 시간은 생각보다 길어졌다. 그러한 찰나 우크라이나 전쟁이 터졌다. 심지어 그 전쟁의 방아쇠를 당긴 것은 다름 아닌 내가 사는 나라, 러시아였다. 그나마 일주일에 한 회 운항하던 한국과 러시아 간 직항 편마저 전쟁통에 사라지고 말았다. 이러한 판국에 이곳에 출장도 아닌 여행은 이제 가당치도 않은 일이었다. 그럼에도 언니가 자신의 어린 아들과 내게 왔다. 무수한 짐을 끌고 온 그들에게 나는 최고의 겨울을 선물해주고 싶었다.

나는 언니에게 러시아의 매력을 모두 선보이고자 단 하루도 허투루 보내지 않았다. 하루는 붉은 광장에서 함께 스케이트를 타며 무쇠솥에 펄펄 끓인 포도주 글린트바인을 마셨다. 어느 하루는 볼쇼이 극장에서 백조의 호수 발레를 보았다. 다른 하루는 나도 여행자가 된 것처럼 지도를 확인하며 트램을 타고 미술관에 갔다. 기념품 가게에 들어가서는 지금 이 순간이 아니면 다시 못 살 것처럼 신중하게 값비싼 마트료시카를 골랐다. 또 다른 하루는 울창한 숲에서 크로스컨트리를 하는 이들이 닦아놓은 눈길을 언니와 나란히 걸었다. 어떤 하루는 슈퍼에서 온갖 종류의 맥주를 두 개씩 사서 낮술을 마시며 각자 마음에 드는 맥주를 찾아냈다. 특별한 하루는 조카의 여덟 번째 생일을 함께 준비했다.

"언니, 풍선을 왜 이렇게 못 불어? 왕년의 하정희 어디 갔어? 어렸을 때 언니는 힘도 엄청나게 세고 진짜 무서웠는데 말이지. 그때는 언니가 벗어놓은 신발을 몰래 신어볼 때면 항상 컸었거든. 그래서 당연히 지금도 언니가 나보다 발이 클 줄 알았는데 이제는 나랑 신발 문수도 같더라."

나는 풍선 하나에 쩔쩔매는 언니를 비웃듯 열 번째 풍선을 묶으며 통박을 줬다.

"너야말로 어렸을 때 맨날 동네 애들한테 놀림당하고 울면서 집에 돌아왔는데 언제 이렇게 억척스러워졌어? 엄마가 보시면 깜짝 놀라실 거야. 우리 막내딸 하현희 맞느냐고 말이야. 솔직히 말해 봐. 너 저 장작도 산 거 아니고, 숲에 들어가서 네가 직접 팬 거 아니야? 수희도 같이 왔으면 참 좋았을 텐데 아쉽다."

언니의 말에 우리는 휴대폰을 꺼내 미국의 현재 시각을 확인했다. 다행히 아직 한밤중은 아니었다. 우리 세 자매는 오랜만에 영상통화를 했다. 낯간지럽게 무슨 영상통화냐며 쑥스러워하던 둘째 언니도 우리의 등 뒤로 타닥 소리를 내며 환하게 타오르는 벽난로를 보자 부러워하는 마음을 감추지 못하고 금세 우리의 분위기에 동화되었다.

"치사해. 나 빼고 둘이 노니까 재밌어? 어렸을 때도 나만 쏙 빼고 둘이 놀더니만."

나와 큰 언니는 기억이 가물가물한 유년의 어느 날에 대해 작은 언니는 열변을 토했다. 순간이동을 해서라도 이 자리 함께 있고 싶다는 작은 언니의 말에 슬쩍 미안한 마음이 들고 말았다. 자매는

늙을수록 닮는다 하더니 점점 더 닮은꼴을 한 우리 셋이 언제 벽난
로 앞에, 혹은 뜨끈한 온돌방에 나란히 앉아 도란도란 이야기할 날
이 올까. 한 배에서 나왔지만 셋 다 모두 다른 나라에서 각자의 삶
을 영위하고 있다는 게 새삼 낯설었다. 웃는 모습이 유독 닮은 우
리 세 자매는 각기 다른 민족과 풍경, 상황을 마주하며 저마다의
표정과 생각을 지으며 살고 있다. 하지만 분명 같은 것 앞에서 같
은 빛깔의 미소를 지을 거란 생각이 맥연히 들었다.

예상했던 보름의 시간은 크렘린 근위병 교대식처럼 한 치의 오
차 없이 찾아왔다. 짐이 많아서 트렁크에 모두 실리지 않았다. 별
수 없이 뒷좌석에까지 캐리어를 구겨 넣는 탓에 나는 공항에 따라
나서지 못한 채 집 앞에서 작별해야 했다.
"현희야, 이 신발은 어떡할까?"
공항으로 가기 위해 신발을 신으려던 언니는 발렌키와 자신이
신고 왔던 검정 운동화를 앞에 두고 내게 물었다.
"가져갈래? 내가 비닐봉지 가져올게. 기다려봐."
"아니야. 한국은 이만큼 눈도 안 와. 다 짐이지, 가방도 이미 다
싸서 차에 실었는데 제부 귀찮게. 다음에 내가 또 오거든 그때 신
을게. 잘 놀고 잘 먹다가 간다. 초대해줘서 고맙다, 막내야. 한국
에 오면 언니가 좋은 데 데리고 갈게. 아프지 말고 잘 있어."
언니는 자신의 운동화를 신고 자신과 조카의 발렌키를 잘 정리
한 후 나를 안으며 말했다.
그렇게 언니와 조카는 한국으로 돌아갔다. 나는 차마 언니에게
발렌키는 한 해 겨울용이란 말을 하지 못했다. 아니 하지 않았다.

어쩐지 올겨울 신은 발렌키는 과감하게 버리지 못할 것만 같다. 두 켤레의 발렌키에 묻어있는 눈을 잘 털어 걸레로 밑창을 닦은 후 다시 벽난로 옆에 가져다 놓았다. 그리고 언니가 그랬던 것처럼 사진을 몇 장 찍었다.

언니가 모스크바에 다녀가기 한 달 전에는 새벽에도 경우 없이 휴대폰이 울려 조금 짜증이 난 것도 사실이다. 이제는 새벽에 전화벨이 울리지 않는다. 그런데도 나는 이른 새벽 눈이 떠지고 만다. 시차 적응이 쉬이 되지 않아 새벽 네 시면 깨던 언니와 벽난로 앞에서 훈훈한 차를 마시며 새벽 풍경을 함께 보던 우리의 그림자만 거실에 길게 누워있다.

지구별에 사는 언니가 우주선을 타고 달에 사는 나를 만나고 돌아갔다. 언니의 발렌키는 닐 암스트롱의 발자국을 닮았다.

프로필

- 경기도 부천 출생
- 성균관대학교 국어국문학과 졸업
- 이스타항공 기내지 〈EASTAR JET〉 기자
- 음식전문잡지 〈하니브로〉 개간 및 수석기자
- 현 러시아 모스크바 거주중

나의 가는 길을 그가 아시나니

김 광 섭

    내가 좋아하는 어떤 소설가 한 분이 들려준 잊을 수 없는 이야기가 있다. 그는 젊은 시절에 유명한 사람의 음악을 듣고 음악가 꿈을 꾸었다. 그가 꿈 꾼대로 된 것은 아니었다. 하지만 꿈 가까이 접근해 간 것이다. 이문세의 '별밤'을 듣고, 정은임의 '영화 음악'과 배철수의 '음악캠프'를 들었던 경험은 그를 심야 라디오 방송 디제이가 되게 만들었다. 어느덧 꿈을 꾼 지 20년이 훌쩍 넘어 지금은 새벽 라디오 방송의 디제이가 됐다. 이처럼 꿈은 여러 갈래 길에서 흔들리기도 하지만 자신의 삶을 살아갈 나침반이 되어준다.

    나의 삶은 어떤 모습이었는지 회고해 보면, 내가 태어나 자란 50년대 초 6.25 전쟁 중에 태어났지만 그때 아주 어린 시절 기억은 전혀 없다. 우리 가족은 북한군의 점령지가 되어 집을 잃고 이웃 마을 남의 집 셋방에서 살았다. 러시아의 우크라이나 침공이 남의 이야기가 아닌 것 같다. 하루 속히 평화가 깃들기를... 대한민국의 현실은 너무나 어려웠다. 그 시절은 솔직히 꿈이 없었다. 청년시절에 이르기 까지도 먹고 생존하는 것이 전부였던 삶이 아니었던가!

    어려서부터 일상적으로 산과 들판이라는 농촌의 풍경 속에 자랐다. 농사일을 하시는 부모님의 모습을 지켜보면서 얼마나 농사일이 힘든 일인가도 알게 되었다. 점차 성장해 가면서도 휴일이면 직접 가정 일을 돌보야 했고, 먼 곳의 학교를 다녀야 했다. 이런 과정은 대학까지 이어졌다. 모두가 힘든 시절이었지만 그 당시 깨인 머리를 가지신 부모님 덕분에 교사를 양성하는 대학에 진학할 수 있었다. 광주에서 공부를 마치고 교직에 첫발을 딛게 된 때가 반세기 전인 1973년 4월이었다.

첫 발령지인 나로도에서의 추억도 고스란히 머릿속에 그림처럼 남아 있다. 도서벽지에서 짧은 1년의 생활이었지만 참으로 많은 것을 배우는 기회가 되었다. 이후 고향에서 장흥장평중, 장흥중, 관산중에 근무하면서 학생의 정신을 유지하면서 다양한 지도를 실천, 아이들 교육에 매진하였다.

나의 삶의 기반을 다지는 토양은 장흥중에서 4년 만기 근무를 마치고 관산중에 가면서 새로운 것에 대한 선택과 집중을 하면서 시작했다.

이 무렵 우리나라 교육사에 큰 변화로 중학교에도 특수학급이 설치된 것이다. 다행히 당시 조춘기 교감 선생님의 특수교육에 대한 조언을 받아들여 새로운 길을 더듬기 시작하였다. 이처럼 사람이 성장해 가는 과정에서 좋은 멘토를 만나게 되는 것은 큰 축복이라 생각된다.

그 당시 특수교육 환경은 경북의 대구대학교가 중심을 이루었다. 대학 내에는 각종 장애를 가진 학생들을 위한 특수학교가 있었다. 이런 과정에서 특수교육을 입문하게 되어 교육대학원에 진학, 새롭게 훌륭한 선생님들을 많이 만나게 되었다. 선생님들은 교육은 물론 인간적으로 모델이 될 만한 분들이 많이 계셨다. 이를 계기로 더욱 특수교육 분야에 대한 관심이 깊어져 배움의 폭을 넓히게 되었다.

때마침 타이완에서 〈아시아지적장애아 국제회의〉가 열리게 되는데 현장에서 특수학급을 담당하는 자로 참여할 교사를 찾고 있었다. 이에 응모를 하여 특수교육을 담당한 분들과 타이베이에서 열리는 국제회의에 참여하는 기회가 찾아온 것이다.

이 회의 참석을 계기로 나에게는 아주 큰 변화가 일어났다. 난 전공분야인 한국 근대사 부분을 학생들에게 가르치면서 일본인들의 만행을 교과서에 있는 그대로 반복적으로 가르쳤다. 솔직히 일본인들의 만행은 용서하기 어려운 것들이었다. 보통 일본인의 삶, 현실을 조금도 체험한 것이 전혀 없었기에 교과서대로 사실중심으로만 가르치는 길 외에는 다른 도리가 없었다. 그 결과 내 마음 속에는 일본인에 대한 증오가 점차 축적될 수밖에 없었다.

그러나 세상을 좀 더 넓게 보니 일본인들이 만든 자동차는 동남아 시장을 누비고 일본인들은 유엔 등 많은 국제기구 분야에서 신뢰가 높아 우리와는 차원이 다르게 대단한 지위를 확보하고 있는 것을 확인할 수 있었다.

이에 자극을 받아 한국에 돌아오자마자 교육에서 답을 찾을 수 있는가를 질문하면서 일본어 공부를 시작하기로 마음을 굳혔다. 당시 EBS교육방송 일본어 프로그램을 카세트에 녹음을 하여 수없이 반복 듣기를 하고, TV를 통하여 매일 일본어 공부에 빠져들었다. 통근 버스에서도 길 가면서도 단어를 외우는 등 억척스럽게 시간을 투자하였다.

이때 기왕이면 새롭게 특수교육을 일본에서 배워 보고 싶은 생각이 들어 1986년 국비 장학생 시험에 응시하였다. 일본어를 독학을 하다 보니 일본어 작문 실력이 부족하여 첫해 선발시험에서 떨어졌다. 그러나 이에 실망하지 않았다. 힘들 때는 포기하고도 싶었지만 내 자신에게 정말 이루고 싶은가를 자문하면서 배움의 끈을 놓지 않았다. 시각장애인 강영우 박사가 들려준 장애를 넘어 자신의 목표를 달성한 억척스런 삶은 나에게 가르침을 준 등대가 되었다.

덕분에 그 이듬해인 1987년 7월 고대하던 유학 합격 통지서를 받았다. 만 35살이 유학 제한 연령인데 다행히 합격한 것이다. 10월부터 가족을 뒤로하고 단신으로 나고야대학에서 세계 각지에서 온 학생들과 더 넓은 삶을 위한 도전이 시작되었다.

학교생활은 유학생들과 함께 하지만 토, 일요일에는 가까운 교회에 자전거로 다닐 수 있었다. 나고야시 사쿠라야마 교회 주일 예배에는 장년이 50여명 정도 참여하였다. 하루라도 빨리 일본어와 일본생활을 익히고 평범한 일본인 사회를 알 기회를 갖기 위하여 교회활동에 열심히 참여하였다. 한국의 교회와는 달리 출석에 대한 구속력이 심하지 않아 어느 정도 자유로움을 느낄 수 있었다. 점차 시간이 흘러 일본 교인들은 나를 신뢰하고 공감대가 형성되어 교류 폭이 넓어졌다.

일본어가 익숙해지고 어느 정도 일본어로 한국어를 설명할 수 있는 단계에 이르게 되었다. 이에 교회의 협조를 얻어내 일본교회 내에 한국어 강좌 프로그램을 개설하였다. 이때 가정을 떠나 홀로 유학하는 내 모습이 딱하였던지 교인 가운데는 점차 나를 초대하여 주신 분들이 늘어났다. 이처럼 교류가 확대되어 더 깊이 일본인들의 가정을 이해할 수 있는 기회가 되었다. 내가 만난 사람이 좋은 자산이 되어 한국 모교회인 장흥읍교회와 교류가 확대되었고 귀국 후에도 상호방문 행사가 계속되었다.

나고야대학에서 일본어 학습 경험은 내 자신의 생각을 흔들어 놓기에 충분하였다. 선생님들의 정성스런 지도를 받으면서 나의 꿈은 다시 변신을 시작하였다. "나도 내 나라 한국어를 외국인에게 가르칠 기회가 오면 좋겠다"는 꿈이 일본어 선생님을 통하여 내 마음에 뿌려졌다.

이런 꿈 덕분에 귀국 후 다시 해외파견을 결심, 가족의 동의를 얻어 함께 1993년부터 5년간의 한국교육원 생활이 시작되었다. 큐슈지역 후쿠오카와 구마모토에서 자녀교육을 하면서 많은 경험을 할 수 있었다. 덤으로 더 폭을 넓혀 다양한 일본인, 재일 한국인들과 어울려 생활할 수 있었다.

1998년 2월 귀국 후 다시 교직에 복귀, 전문직으로 전직하여 도교육청에서 장애학생을 위한 교육행정을 담당하고, 2003년에 교육정책대학원의 수학과정을 통해 교육에 관한 지경을 넓히는 좋은 기회가 주어졌다.

이후 공산고 교감을 거쳐 2010년 9월 광양여중 공모교장 부임으로 학교장의 길을 걸으면서 다양한 특성을 가진 많은 학생들을 만나게 되었다. 이 기간은 여기저기에서 체험한 아이디어를 활용하여 학교경영에 접목시켰다. 덕분에 광양여중에서 4년간은 나에게 행복한 근무경험으로 남아 잊을 수 없다. 자발적으로 열성을 보인 선생님들의 활동은 잊을 수 없으며 감사한 마음으로 남아 있다. 순천동산여중에서는 일본 후쿠오카 지역사회와 학생교류 행사를 밀도 있게 진행하였다. 이 과정에서 한국 학생들의 일본에 대한 생각이 변하고, 일본 지역사회가 순천시를 후쿠오카 지역 중학생들의 수학여행지로 결정하기에 이르기까지 한국에 관한 인식의 변화에 한 획을 그을 수 있는 계기가 되었다.

이렇게 2015년 8월 말까지 43여 년 간 학교, 행정기관, 연구기관과 해외 근무지를 중심으로 여행지를 바꿔가면서 살았던 1막의 인생이 큰 탈 없이 완주를 한 것에 감사할 뿐이다.

지금까지는 국가기관에서 보장된 삶을 살았지만 이제 가야 할 퇴임 이후 인생을 위한 꿈을 다시 꾸지 않으면 안 될 시점을 맞이한 것이다. 새로운 출발 준비를 위해 2015년 5월 공무원연금관리공단이 주관하는 퇴직 예정 공무원을 위한 교육을 받았다. 이것이 바로 인생 2막을 위한 꿈꾸는 과정이었다. 풍광 좋은 수안보호텔에서의 4박 5일 연수는 '미래의 나'를 설계하게 하는 결정적 계기가 됐다.

첫 강사님은 "정년은 삶의 끝이 아니다. 하고 싶은 것을 하되 할 수 있는 것을 하고 가장 잘 하는 것을 하라"고 강조했다. 이 기억이 아직도 기억에 생생하다. 솔직히 긴 공직생활 동안 내 자신의 삶을 돌아보면 바쁘기 그지없는 짜인 일상의 연속이었다. 내가 하고 싶기 보다는 매뉴얼이 정한 목표를 나의 소명으로 생각하고 살았다. 퇴임식을 마치고 마지막 학교에서 나오는 기분은 시원하였고 어깨가 가볍게 느껴졌다.

지금까지 내가 배우고 경험한 것을 바탕으로 이제는 나의 길을 개척해야 하는 운명 앞에 선 것이다. 언제까지 살아야 할런지 기약이 없는 기나긴 2막 인생을 어떻게 의미 있게 살아야 할 것인가는 정답이 없다. 단지 내가 하루하루 만들어 가는 삶이란 것을 피부로 절감하게 된 것이다. 나에게 주어진 많은 시간을 내가 스스로 기획하고 세상과 교류하면서 살아야 하는 시간이다. 표현하기는 어려웠지만 퇴임에 이르기까지 스트레스도 많이 받았음에 틀림없다.

세상은 많이 변했고, 계속 변하고 있으며, 더 빠르게 변할 것이다. 어제의 정답이 앞으로 일어나는 문제를 해결하는 답이 결코 될 수 없을 것이다. 내 앞에 주어진 현실의 문제를 좀 더 다양한 시각으로 접근하면서 유연한 생각을 유지해 나간다면 큰 어려움은 없을 것으로 생각한다. 감사한 것은 지금의 내가 여러 곳을 거치면서 살아 온 그때의 나를 크게 후회하지 않는다. 앞으로도 다양한 사람들과 만나면서 삶의 폭을 넓혀가면서 나 자신에게 진실되고 삶에 충실하는 것이 나의 가야 할 길이라 믿는다.

프로필

- 전남도교육청 장학사 근무
- 주일 후쿠오카(福岡) 한국교육원장 근무
- 순천동산여중, 광양여중 교장 근무 후 퇴임
- 現)도산선비문화수련원 지도위원
  한국교육신문 e-리포터.
- 저서: 나는 교사가 좋다, (2021)
- 수상 :모범공무원상(국무총리), 황조근정훈장

내 마음의 스승님

김용한

2021년 8월은 내 인생에서 가장 중요한 때이다. 인생 전반을 쉼 없이 달려온 나에게 비로소 쉼표를 준 때임과 동시에 인생 후반을 향해 새롭게 시작하는 때이기 때문이다. 38년간 장애 학생을 교육하는 특수교육 현장에서 맡은 교직을 잘 감당하고, 정년퇴임을 맞이하며 밀려왔던 감격은 감사함을 넘어 스스로에게도 감동 그 자체였다. 돌이켜 보니 내 인생의 고비 때마다 아낌없는 사랑과 올바른 가르침으로 큰 뜻을 품고 도약할 수 있게 한 스승들이 있었기에 이러한 영광의 자리에 오를 수 있었다고 생각한다.

나는 시골 마을에서 8남매의 막내로 태어나 어릴 때부터 철부지로 동네 친구들과 어울려 노는 것이 좋았다. 또래 친구들이 여덟 살이 되어 국민(초등)학교에 입학 하면서 친구들보다 한 살이 어렸던 나는 집에 있는 것이 너무 심심하여 무작정 친구들을 따라 학교에 갔다. 학적이 없는 학생을 발견한 1학년 선생님 덕분에 당시 3학년이었던 누나를 통해 뒤늦게 서류를 받으시고 추가 입학을 할 수 있게 해주셨다. 하지만 공부는 뒷전이고 수업 시간에도 선생님 몰래 친구들과 장난을 치거나 얼른 쉬는 시간이 오기를 바라는 마음뿐이었다. 하교 후에도 친구들과 놀기 바빠 숙제는커녕 4학년 때까지 선생님의 질문에 답을 하거나 발표를 해본 일이 거의 없었던 것 같다.

초등 5학년이 되면서 내 인생의 큰 스승이신 송재규 담임선생님을 만나면서 학업에 대한 눈을 뜨게 되었다. 선생님은 엄격하면서도 자애로운 마음으로 나를 잘 이끌어주셨다. 당시 교대를 갓 졸업하신 송선생님은 젊고 태권도 유단자로 활력이 넘쳤기에 학생들에게 인기도 많으셨다. 수업 시간에 집중할 것을 강조하시면서 만일 딴짓을 하는 학생은 교실 밖 복도에서 무릎 꿇고 손드는 벌을 주셨다. 숙제를 안 해오면 방과 후에 남아서 교실과 화장실 청소를 한 다음 밀린 숙제를 끝까지 다 하게 하셨다. 그동안 만났던 선생님들과 다른 송선생님의 단호한 모습에 긴장할 수밖에 없었고, 수업 시간은 점차 면학 분위기로 바뀌어 갔다. 나도 수업 시간에 집중하면서 그동안 잘 안 했던 노트 필기와 숙제도 열심히 하려고 노력하였다. 하지만 기초학습이 부족하였던 나는 막상 공부를 해보려고 했으나 수업 진도를 따라갈 수 없었고, 칠판의 판서 내용들을 빨리 적으려다 보니 글씨는 더욱 엉망이었다. 하루는 선생님이 나의 숙제장 노트를 보시고는 중간 부분을 지적하시며 읽어보라고 하셨다. 떨리는 가슴을 진정시키면서 천천히 그 내용들을 읽어나가니 선생님은 고개를 갸우뚱하셨다. 휘갈겨 쓴 숙제장의 내 글씨는 선생님은 못 알아보셨는데 내가 읽으니 의아해하신 것이다. 그 이후 거의 한 달 동안 선생님은 나를 방과 후에 남겨서 펜 글씨본을 보고 글씨를 또박또박 쓰는 연습을 하게 하면서 특별 지도를 해 주셨다. 그 당시에는 남아서 공부한다는 것이 창피스러운 일로 여겨졌지만 지금 생각하니 학생의 부족한 부분을 채워주고 수준에 따른 개별 맞춤형 수업을 해주신 것이니 더욱 고마운 마음이 든다. 송선생님은 6학년 때에도 우리 반 담임이 되어 학생들을 잘 지도해 주셨다. 혹시 내가 잘못된 행동을 하면 따끔하게 깨우쳐주시고, 학업 성적이 조금 향상될 때에는 크게 칭찬해주시며 용기를 북돋아 주셨던 그 모습은 결코 잊을 수가 없다.

　그 후 읍내의 현풍중 · 고등학교에 진학한 후에도 송선생님의 소식을 전해 들으며, 장래 희망으로 선생님처럼 학생의 마음을 공감하고 폭넓은 가슴으로 품어줄 수 있는 '교사'가 되고 싶다는 생각을 하게 되었다. 그러나 고교 졸업후 대학 입시에 실패하였고, 집안의 농사일을 돕다가 뒤늦게 입시에 재도전하여 마침내 대구대학교(당시 한국사회사업대학) 특수교육학과에 입학하게 되었다. 너무나 기쁜 마음에 대학에서 받은 '합격증'을 송선생님에게 얼른 보여드리고 싶어 그다음 날 경북 울진까지 찾아갔다. 송선생님은 나의 대학 합격을 진심으로 축하해주셨고, 특히 특수교육학과에서 공부하여 장차 장애 학생의 교육과 재활을 돕는 일을 하게 된다는 것을 대견하게 여기시고 자랑스러워하셨다. 그러면서 특수교육교사의 길은 정말 힘든 여정이 될 수 있으니 열심히 공부하고, 우리나라 특수교육의 발전에 크게 기여하기를 바란다며 격려해주셨다.

　송선생님의 그 세심한 가르침과 격려에 힘입어 좋은 특수교육교사가 되기 위해 대학 진학 후 더욱 열심히 노력한 결과 1982년 2월, 대학 졸업 때 전체 수석을 차지하였다. 그해 바로 대구대 부속 지적장애 특수학교인 '대구보명학교' 교사로 취업이 되었고, 장애 학생들을 더 잘 교육하고 학부모들의 자녀 양육 멘토 역할을 충실히 감당하기 위해 대학원 석사과정에도 진학하였다. 또한, 우리

나라보다 현장 특수교육이 잘 이루어지고 있는 일본으로 유학하여 특수교육 및 장애인 재활 시설들을 탐방하면서 폭넓은 현장 경험과 관계자들과의 지속적인 관계 유지를 통해 지금까지 한,일간 특수교육 관계자의 교류에 창구 역할과 양국의 특수교육 발전과 성장에 기여하고 있다는 자부심과 긍지를 갖고 있다.

한편 내가 일본으로 유학을 처음 결심하게 된 것은 대학 1학년 때 장애 자녀를 가진 아버지이면서 교육자이신 쇼치 샤브로(昇地三郎)박사님의 특강을 듣고 크게 감동을 받았기 때문이다.

쇼치 박사님은 슬하에 2남 1녀를 두셨는데 첫째와 막내 아들이 모두 건강한 몸으로 태어났으나 첫 돌 무렵에 고열로 인해 중증 뇌병변 장애(뇌성마비)를 갖게 되었다고 한다. 두 아들의 장애를 고치기 위해 초등 교사직을 사임하고 의과대학에 입학하여 치료 방법을 모색하였으나 별다른 효과를 얻지 못하였다. 그래서 다시 아동심리학과 특수교육학을 전공하여 체계적인 교육 프로그램을 통해 장애 학생도 자신의 잠재력을 발휘할 수 있다는 임상적인 결과를 얻었으며, 그 '교육 가능성'을 믿고 1954년 일본 최초의 특수학교인 『시이노미 학원』을 설립하였다. 이 학교는 박사님의 두 자녀뿐만 아니라 장애 때문에 학교 문턱에도 못 가본 많은 발달장애 학생들에게 교육의 기회를 주어 괄목할 만한 성과와 함께 사회적인 재활을 위해 힘쓰고 있다는 말씀이 더욱 가슴에 와 닿아 기회가 되면 꼭 『시이노미 학원』을 견학하고 싶었다.

1983년 8월, 대구대 특수교육학과 교수님과 부속 특수학교 교원들을 대상으로 일본 특수교육 및 재활 기관들을 견학하는 연수 기회가 와서 『시이노미 학원』을 방문하게 되었다. 그때 원장직을 겸하고 있던 쇼치 박사님은 우리 일행들에게 특강을 하셨다. "아무리 장애가 심한 학생이라도 그 마음속 깊은 곳에는 아름다운 싹을 가지고 있습니다. 그 아름다운 싹을 틔우는 일은 부모의 사랑에 의해 이루어지며, 그 싹이 곧게 자라도록 하는 것은 교사의 열정과 헌신이며, 그 싹이 꽃을 피우고 열매 맺도록 하는 것은 지역사회인들의 책임입니다"라고 말씀하면서 그중에서도 교사들이 부모와 같은 심정으로 학생을 사랑하고 지역사회의 한 일원으로 잘 성장하도록 혼신의 힘을 다해 가르치는 일이 가장 중요하다고 강조하셨다. 특강 후 시설을 안내하시던 박사님에게 서툰 일본어로 "저는 현재 대구대 부속 특수학교 교사입니다. 일본의 특수교육을 배우기 위해 유학하고 싶습니다"라고 말씀드리니 명함을 주시면서 유학을 오게 되면 언제든지 연락하라고 하셨다.

귀국 후 명함의 주소로 『시이노미 학원』견학 때 감동적인 특강과 친절한 안내에 대해 감사드린다며 편지를 보냈는데 답장과 함께 시이노미학원 교직원들이 생활 폐품을 이용하여 만든 교재,교구들의 제작과 활용 방법이 자세히 안내된 「폐품을 이용한 교재,교구 제작 및 사용법」책을 선물로 보내주셨다. 그 책에 소개된 교재,교구들을 살펴보니 정말 교사들의 기발한 아이디어와 손수 만든 정성이 감동을 불러일으켰다. 이 귀중한 자료들을 국내 특수교육 현장에 바로 소개하고 싶은 마음이 간절하여 당시 일본에서 대구대 대학원에 유학 와 있던 다케나미 마시히로(竹並)선생님과 함께 번역을 하여 대구대출판부에서 출판하였다. 특히 그 책의 속 표지에는 박사님의 친필로 "과학과 의학에는 한계가 있으나 사랑과 교육에는 한계가 없다."라는 글이 적혀 있었다. 나는 그 글귀를 보며 장애 학생의 교육 가능성을 다시 한번 되새기며 교사로서의 책무성도 갖게 되었다. 정말 특수교육 현장에서 더욱 실력있는 교사가 되기 위해 유학을 위한 준비로 일본어 공부에 더욱 매진하였다.

1990년 3월, 안산시에 위치한 국립 한국선진학교 개교 교사로 선발이 되었고, 그 이듬해 10월, 꿈에 그리던 '일본 문부성 초청 교원연수 유학생' 시험에 합격하여 현직 교사로서는 가장 좋은 조건으로 1년 6개월간 도쿄(東京)에 인접한 츠쿠바(筑派)대학교 특수교육학과에서 학문 연구와 현장 실습을 할 수 있는 기회를 얻었다. 그 소식을 국제 특급 우편으로 쇼치 박사님에게 전하였더니 축하 인사와 함께 유학을 오면 『시이노미학원』을 다시 방문해달라는 답장이 왔다. 나는 방학을 이용하여 『시이노미학원』이 위치해 있는 후쿠오카(福岡)로 내려갔다. 박사님은 매우 반가워하시면서 학교 시설과 교육활동실들을 자세히 안내해주셨다. 특히 특수교육은 실천학문이므로 장애 학생의 잠재력을 충분히 발전시키려면 교사가 학생 개개인의 능력과 특성에 알맞은 개별화 교육과정과 교육 자료가 필요하다고 강조하시며, 국어, 수학, 미술, 음악 등 각 교과 수업에 활용할 수 있는 자료들로 가득 차 있는 교재,교구 자료실을 보여주셨다. 5년 전 박사님에게 선물로 받아 1988년에 일본어로 번역하여 출판했던「폐품을 이용한 교재,교구 제작 및 사용법」책 시리즈는 벌써 3집까지 발간되어 있었다.

그날 학교 견학을 모두 마치고 원장님 방을 나서려는데 봉투 하나를 건네 주셨다. 봉투 안에는 엔화 현금이 들어 있어 받기를 거절하니 멀리 도쿄에서 후꾸오카까지 와주어 고맙다며 공부에 필요한 책을 사보라고 하셨다. 순간 가슴이 찡해 옴을 느꼈다. 한국을 자주 방문하셨기에 우리나라 용돈 문화를 이해하시고, 특수교육을 공부하러 유학 온 제자를 아끼는 마음과 격려하기 위해 주신 그 용돈은 박사님의 깊은 사랑과 따뜻한 정성을 느끼기에 충분하였다.

유학 생활 동안 잘 운영되고 있는 특수교육 기관들을 견학하면서 줄곧 박사님과 연락하며 지냈는데 한국의 특수교육 관계자가 일본 견학을 요청하면 『시이노미 학원』은 필수 코스로 넣어 안내하게 되었다. 그 끈끈한 인연으로 인해 내가 유학 후 국립 한국선진학교 교사와 밀알학교 교감으로 근무할 때 한국에 오시면 자주 연락을 주시고 통역도 부탁하셨다.

지난 특수교육 교직 생활을 돌이켜보니, 송재규 선생님처럼 학급의 연약한 학생을 낙인찍지 않고 도전할 기회를 주신 세심한 마음과 쇼치 박사님처럼 장애 학생의 교육 가능성을 기대하며 사랑과 열정으로 지도해 주신 그 비전을 품고 달려왔기에 내 특수교육 교직 여정은 장애 학생들과 더불어 행복했고 또 보람 있는 인생이었다고 생각된다.

끝으로 위 두 분 외에 그동안 부족한 제자가 성장 발전하는데 학문적인 지식과 함께 교육 혼을 불어 넣어주신 많은 선생님들께도 이 지면을 통해 마음 모아 감사의 인사를 드린다.

시이노미학원 쇼치 샤부로 박사와 함께

프로필

- 대구보명학교, 국립 한국선진학교 교사 근무
- 일본 문부성 초청(국비) 교원 연수 유학(츠쿠바대학교)
- 밀알학교 교감, 용인강남학교 교장 근무 후 정년퇴임
- 現) 강남대학교 사범대학 외래 강사
- 저서: 특수교육교사를 위한 교직실무, 학지사(2020)
- 수상: 대교문화재단 눈높이교육상(특수교육부문, 2019)

쏟아진 자스민 차

박 정 원

　침대 단차에 올려두었던 자스민차가 쏟아졌다. 샤워를 하고 나
와 무릎을 꿇고 방바닥에 앉았다. 그러고는 침대 서랍 속 헤어 드
라이기를 꺼내려다 팔로 툭 컵을 쳐버린 것이었다. 붉은 갈색 찻
물이 바닥에 흥건했다. 방금 갈아입은 옷에 갈색 얼룩이 생겼다.
평소에 그윽하게만 느껴졌던 향이 마치 약 올리는 것처럼 코를 자
극했다. 자극된 건 분명 후각과 촉각인데 반응이 온 건 시각이었
다. 눈물이 났다. 곧 소리 내어 꺼이꺼이 감정을 토해냈다. 그 좋
아하던 자스민 차가 아슬아슬하던 나를 팍 때린 것 같았다. 엎어
진 차를 핑계 삼아 끝없이 울었다. 분명 기분 좋게 여행을 다녀왔
다. 그러나 남은 것은 절로 복근 운동이 되는 듯한 콜록대는 기침
뿐이었다.

　하루 전까지 밤바다로 유명한 여수에 있었다. 여수는 좋아하는
여행지 중 하나다. 전동휠체어를 이용하는 내가 혼자 가도 이동에
문제없이 편하게 갈 수 있는 곳이다. 기차역에서 관광지부터 호텔
까지 모두 가까운 거리에 있기 때문이다. 이번에는 셋이 함께한,
나의 세 번째 여수 여행이었다. 그간 여수를 올 때마다 기분 좋은

•33

선물을 받은 것 같은 나날이 많았다. 그래서 이번에도 그럴 것이라 믿어 의심치 않았다.

여행 구성원은 전동휠체어를 이용하는 친구, 친구의 활동지원사 그리고 나 이렇게 셋이었다. 나와 같은 유형의 장애를 가진 친구에게 내가 좋아하는 여행지를 공유하고 싶었다. 오랜 바람이 이루어져 기뻤다. 그동안은 서로 시간을 맞추기가 어려웠기 때문이다.

그날 저녁, 셋은 호텔 방에 자리잡고 로비에서 산 와인과 배달 음식을 안주 삼아 이야기를 나누었다. 에어컨도 빵빵하게 틀었다. 나는 양념이 입가에 묻은 줄도 모른 채 안주 섭취에 집중했다. 이 시간, 공간 모든 것이 만족스러웠다. 이때 활동지원사가 물티슈로 내 볼에 묻은 음식 양념을 닦아주며 한마디 했다.

"아유, 애기네."

친구의 활동지원사가 친구뿐 아니라 활동지원 이용자가 아닌 나도 챙겨줘서 감동이었다. 고마웠다. 그 상황에서는 심장이 쿵 할 정도로 좋았다. 우리는 계속 진솔한 대화를 이어갔다. 수많은 대화 중 인상 깊은 이야기가 있었다. 바로 활동지원사의 가족 이야기였다.

"딸이 일찍 결혼했어요. 많이 빨리 해서 당시엔 반대도 심하게 했는데 애 낳고 안정적으로 사는 거 보니까 잘했다 싶어요."

활동지원사는 취기가 올랐는지 발그레한 얼굴로 웃으며 말했다. 나와 동갑인 첫째 딸의 아들, 그러니까 손주가 초등학생이라는 거다. 활동지원사는 또 우리 엄마와 동년이었다. 놀라웠다. 동시에 이런 생각도 스쳤다.

'나는 뭐지? 누구는 결혼해서 애가 벌써 초등학생이라는데 나는

애기라는 말이나 듣고. 참. 나 뭐냐. 부모님께 손주도 안겨드릴 수 있는 나이에 독립도 못 하고….'

자연스레 비교 본능이 일었다. 더불어 이번 여행 올 때 엄마에게 용돈 받았다고 친구에게 자랑하듯 말한 내가 참, 말 그대로 아기 같았다. 한참 덜 자란 것처럼 느껴졌다. 한없이 작아졌다. 부끄러워 숨고 싶었다. 그렇게 그날 밤 잠깐 스친 생각은 술기운에 흘려보내 버렸다. 그래서 여행 내내 즐거울 수 있었다.

집에 돌아오니 허했다. 이전에는 여행을 다녀오면 힘이 났다. 하지만 이번만은 알 수 없는 우울감에 빠져들었다. 게다가 체력이 바닥났는지 꼼짝도 하기 싫었다. 컨디션 회복에 도움이 될까 싶어 뜨거운 자스민차를 홀짝였다. 그리곤 침대에 누워 SNS만 살폈다. 그날따라 결혼 소식이 많이 보였다. 대학 동기들의 육아 게시물들도 눈에 띄었다. 그만 휴대폰을 껐다. 끄고 다른 일을 하는 게 정신건강에 좋을 것 같았기 때문이다. 샤워를 했다. 기분전환을 위해 샤워를 택한 것이었다. 그런데 먹다 만 자스민차가 나를 건드릴 줄이야. 까맣게 잊고 있었다. 또 차갑게 식어 있었다. 돌이켜 보면 이때다 싶어 운 것 같다.

대학을 졸업하고 본격적인 사회생활을 시작할 시점부터 나는 한 가지 다짐을 했다. 결혼은 말고 오로지 내 능력을 키워서 능력대로 혼자 살겠다는 것이었다. 뭣 모르는 어릴 때야 연애하고 때가 되면 결혼해서 아이 낳고 모두가 해왔던 것처럼 살고 싶었다. 나도 남들과 다르지 않게, 남들처럼만 사는 게 꿈이었다. 그런데 점점 현실이 짙어졌다. 직장에서 자리잡고 인정받고 성장하는 것을 스스로 느낄 수 있어서 좋았다. 딱 내 자신만 책임질 수 있는 경제력이었고 그래서 홀가분했다. 부모님 집에 살지만 행복했다. 이십 대에는 그랬다. 그러나 나는 지금 서른도 넘었다는 생각이 머릿속을 점령했다. 또다시 남들처럼 살고 싶어졌다.

비교 굴레에서 빠져나오기 위해 안간힘을 썼다. 평소 좋아하던 가까운 친구들을 만났다. 아직까지 결혼 생각이 없는 친구들이 대부분이었다. 그런 친구만 골라 만났나 싶을 정도였다. 다들 현재가 좋다고 했다. 본인이 하고 싶은 거 제약 없이 자유롭게 하고 스스로만 챙기면 된다. 그래서 지금 이대로가 만족스러워 이 틀을 깨고 싶지 않다고 했다.

혼자만의 시간도 많이 가졌다. 휴무 때마다 괜찮다고 평이 난 책들도 읽고, 햇볕 쬐며 산책하고 먹어보지 않았던 음식들도 먹으러 다니고, 고급 코스요리 식당의 응대 서비스를 받는 것도 좋았다. 사람 붐비는 시장에서 생기도 찾고 강연도 보러 다니는 등 다양한 방법으로 내가 나를 달랬다. 이제 당분간은 주변 분위기에 휩쓸리지 않을 힘이 충전되었다. 또한 같은 감정이 오더라도 이제는 회복 방법을 안다. 그래서 안심이 된다.

결혼할 마음도 크지 않고 그에 따른 준비도 되어있지 않으면서 타인을 좇으려고 하는 건 어리석은 짓이었다. 이러한 비교는 불행의 시작이라고 해도 과언이 아니다. 나만의 길을 찾아 걷는 것. 위의 일화처럼 길을 걷다 흔들리고 넘어지더라도 일어나는 힘을 기르는 것이 건강한 삶을 살아갈 수 있는 지름길인 셈이다. 무엇보다

몸도 마음도 건강하게 살려면 내가 나를 달랠 수 있어야 한다고 생각한다.

아무도 없는 곳에서 펑펑 울기, 좋아하는 사람 만나기, 산책하기, 맛난 것 음미하기, 여행 가기 등 자신만의 방법을 찾아 스스로를 일으켜보자.

다시 돌아보니 쏟아진 자스민 차가 진심으로 고맙다. 꽃말이 '당신은 나의 것', '사랑의 기쁨'인 자스민! 나에게 큰 깨달음을 주었다. 에너지가 한껏 충전되니 몸 전체가 꿀렁이던 심한 기침도 어느새 멎었다. 우리는 이렇게 지나가는 감기 같은 삶을 산다.

🌿 프로필

• 김천대학교 언어치료학과 졸업
• 의정부 보람병원 언어치료사 (아동 성인)
• 성신병원 언어치료사 (성인)
• 2022 장예총 줌 백일장 동상

상처가 나를 막을 수 없다

소 다 희

나는 4년 만에 다시 연극 무대에 올라갔다. 다시 도전이 되어 연기를 하게 되었다. 여기가 내 자리가 여기가 아닌가? 라는 생각이 들었다. 그동안 내가 배우를 그만두고 이것 저것 일을 했지만 나는 내가 할 수 있는 일은 예술밖에 없다는 생각이 들었다.

2012년 나는 취업을 하기 위해 〈정립회관〉에서 웹 마스터 2년 과정의 공부를 하게 되었다. 나는 예전에 워드 필기공부를 한 적이 있었는데 그때는 여건이 되지 않아 필기만 따고 실기를 준비를 했지만 체력이 되지 않아 학원을 그만 두어야만 했다. 고등학교 1학년 때였다. 나에게는 첫 도전이라서 쉽게 포기가 되지 않아 1년 반을 방황하게 되었다.

고등학교를 졸업하면 사회인이 되는 건데 나는 뇌병변 장애를 갖고 있어 더 취업이 되지 않아 심리적으로 많이 힘들었다. 무엇을 하려고 해도 의지가 없었다. 그렇게 고3이 되었고 고민은 더더욱 많아졌다. 수능을 봐서 대학 가는 건 내 실력에 터무니없는 소리였지만 취업도힘들었다.

컴퓨터 교육을 2년간 마치고 나서 앞이 막막해 다시 무대에 올라가고 싶은 마음이 들었다. 하지만 4년 전 극단과 그때의 극단 생활은 너무나 달랐다. 정부지원이 끊겨서 그 전처럼 월급을 받을 수 없는 상황이었다. 난 돈보다 무대만 올라가고 싶었다. 그렇게 해서 월급없이 4년만에 다시 무대에 올라가게 되었다.

그때 내가 맡은 배역은 여고생 역할이었다. 대사도 많아 정신없이 연습을 했다. 나는 너무 행복했다. 무대에 서 있는 내 모습. 나에게는 이 길밖엔 없다고 생각했었다. 사랑하는 사람과 재회하는 것처럼 다시는 무대를 떠나지 않겠다는 약속한 시간들로 채웠다. 내가 대본을 써서 공연을 올리는 것이 내 목표이자 꿈이었다.

5월 26일. 드디어 4년 만에 올라가는 무대의 첫 공연이었다. 너무나 떨리고 눈물 나는 순간이었다. 그 순간 나는 고향에 온 것처럼 편안하고 푸근했다. 내가 그토록 사랑하는 무대, 나를 다시 일어나게 해 주는 꿈이 이루어진 기분이었다.

첫 공연이 끝나고 무대에서 내려오는데 나를 보고 주위에서 격려하는 말이 들렸다.

"다희 연기 너무 좋았어. 너한텐 연기가 딱이다. 연기 포기하지 마라."

그 말이 내 가슴이 울렸다. 그때 다시 나는 다짐을 했다.

'다시는 무대를 떠나지 않을 거야. 그 무엇보다 나에게 중요한 건 연기와 글 쓰는 것 뿐이야. 이거 말고는 내가 살아가는 법을 몰라서 그간 내가 허둥지둥했을 거야.'

그렇게 나의 첫 공연은 무사히 끝났다. 공연이 끝나고 조금 쉬다가 회의를 했는데 이번 아카데미 연출이 말했다.

"다희 네가 오프닝 공연을 대본도 써보면 어떨까?"

나는 부족하지만 해보겠다고 했다. 그렇게 나는 작품을 써서 공연 준비를 했다. 하나부터 열까지 하나하나 준비를 하고 연습도 진행하였다. 정말 내가 작가가 된 기분이었고 내가 정말 글을 써서 공연을 한다는 게 신기했다. 나는 더더욱 글쓰기에 전념했고, 내가 쓴 대본으로 배우들이 연기를 하면서 참 행복했다. 글 쓴다는 게 나에게 행운이 되었다는 생각이 들었다.

그 후 공연 하루 전날, 나는 다시 대본을 보면서 극단을 왔다. 그런데 정말 어처구니없는 일이 생기고 말았다. 극단의 배우들이 내 대본이 좋지 않다며 마음대로 대본을 고치는 걸 보고 말았다.

'연출이 바꾸는 거라면 이해를 하지만 배우들끼리 대본을 마음대로 바꾼 건 좀 아니지 않나?'

분한 생각도 들고 예의가 없다는 생각이 들어 극단을 뛰쳐나가 울기 시작했다. 나는 정식 작가는 아니지만 어쨌든 나한테 첫 작품이 아닌가? 그것도 공연 하루 전날 그럴 수 있을까. 게다가 화가 나는 건 내일이 공연일인데 공연을 하자는 말까지 나와 이건 도저히 안 될 것 같다는 생각에 공연을 올리지 못했다. 미안하다는 말 한마디 없이 고생했다는 말도 하지 않았다. 나는 정말 힘들었고 상처도 많이 받았다. 정말 글쓰기가 무서울 정도였으니까. 어떻게 공연하지 말자는 한 마디 때문에 그럴 수가 있는 건지.

그 이후론 글을 쓰기가 너무 어려워졌다. 공모전을 나가고 싶어도 그 아픈 기억 때문에 준비할 수가 없었다. 내가 무대도 떠나야만 했다. 내가 또 다른 일을 할 수 있을까 하는 생각이 들어 답답하고 더 이상 자신이 없어 마음을 잡을 수가 없었다. 내가 잘하는 건 글쓰는 갓과 연기밖엔 없는데. 정말 나에게는 남은 게 아무것도 없었다. 이제는 내가 더 이상 글을 못 쓸 거라고 생각했다. 그렇게 극단을 나와 쉴 틈이 없이 다시 장애인자립생활센터에 입사를 했다.

나는 더더욱 열심히 일을 하고 배웠다. 일한 지 한 달이 되던 날 대표님이 부르더니 말했다.

"너를 국장으로 키우고 싶다."

나는 그 순간 내가 그 동안 내가 정말 열심히 살았다는 생각이 들고 감사한 마음으로 더 열심히 일했다. 때론 혼내기도 하지만 그래도 일을 해서 너무 행복하다. 대표님을 만나 내 자신한테 당당해 지고 상처 받았던 내 마음이 아물어 내가 다른 사람을 마음의 치유할 수 있게되어 기쁘다. 처음에는 보고서 하나 쓰는데 한 달 걸리던 것이 지금은 30분만에 작성한다. 내가 잘못을 하면 반성문 10 장을 쓰기도 한다.

그래서 나는 다시 글을 쓰기 시작했다. 정말 신기하고 놀랍다. 정말 내가 성장하는 것 같다. 회복이라는 건 생각해보면 어려운 것도 아닌 것 같다. 마음만 먹으면 다 된다. 글을 쓴다는 건 그 사람의 마음을 알 수 있다. 나에겐 다시 꿈이 생길 거라는 생각을 하지 못했다.

그렇게 1년을 한 회사를 이끌어 갔다. 나 없이는 안 된다는 일터에서 나는 국장이 되고 내 몸과 시간과 꿈을 바친 곳, 내가 평생 동안 다녀야 되겠다는 다짐을 했다. 이곳에서 일을 한다면 적어도 그만두라는 말을 안 하겠지라는 생각, 그리고 믿음이 생겼다. 그렇게 1년 반을 몸 바쳐 일했다. 나는 4년 동안 만나온 남자친구가 있다.

하지만 내가 일을 하고부터 문제가 생겼다. 그 이유는 내가 바쁘다는 이유였다. 나는 더군다나 국장이라서 일이 많아 매일 야근에 또 집이 멀어 늘 피곤에 쩔어 살았다. 남자 친구는 그런 내 모습에 탐탁지 않았다. 힘들다고 자신을 보지 않는 것 같아 너무 힘들고 외롭다는 거다. 나는 그 마음을 헤아리기 힘들었다. 나도 일하기가 힘든데 남자 친구까지 그러니 나는 점점 지쳐갔다. 동료 상담을 통해 우리는 회복이 되어 가고 나는 이제야 일을 더 편하게 일을 할 수 있었다. 나에게 다시 힘든 일이 올 거라는 생각도 하지 못했었다. 여름 휴가도 가지 못했다. 나에게 중요한 프로그램을 진행해야 하는 상황이라서 정신없는 여름이었다. 그렇게 바빴던 여름이 지나가고 나는 몸이 나빠졌다. 그러다 보니 일이 더 하기가 힘들어졌다. 가을이 되는 어느 날 대표님이 부르더니 말했다.

"국장 자리가 감당이 되지 않는 것 같아. 이제 출근도 일주일에 세 번만 해."

그 순간 나는 모든 것이 다 정지가 되었고, 지금까지 내가 뭐했는지, 여기까지 내가 어떻게 왔는지 허망하다는 생각과 1년 전이나 지금이나 별 다른 것 없었던 거 같다. 당시 결혼도 하지 않았지만 거기는 내 자식 같은 존재였고, 그 무엇과도 바꿀 수 없었다. 마음은 더 힘들어져 갔다. 이젠 편히 일할 수 있다는 생각했었는데 내 마음이 너무 다치고 다시 일어날 힘조차 없었다. 마치 사랑하는 사람한테 배신을 당한 것처럼 나는 마음도 다잡기 어려웠다. 무엇을 위해 가야 하는지 방향성조차도 잡기 힘든 상황이었다.

그렇게 5개월이 지나 나는 결단을 했다. 그만두기로…. 미련도 없이 그냥 그만두었다 그 이후도 마음을 잡지 못했다. 센터를 나오기 전 나는 다른 일할 곳을 알아 본 후 사직서를 냈다. 그리고 한 달 후 나는 집 근처 있는 센터에서 일하기로 했다. 왔다갔다 하지 않고 재택 근무로 일을 하였다. 그 후 나는 재택근무로 돈을 벌었고 장애인 등급도 다시 받았다. 이제 나는 나의 앞길을 묵묵히 간다.

프로필

- 서비스이용자연대 대표
- 다희홈쇼핑 대표
- 2011년 솔루션장애인자립생활센터 수필장려상 수상
- 2013년 한국장애인문학 가작 수상

죽을 뻔한 여행
- 레(Lhe)를 다녀와서

신 원 건

얼마 전에 TV에서 인도와 중국 군인들이 많은 사상자를 내며 전쟁 직전까지 가는 상황을 보았다. 자세히 보니 내가 7년 전에 여행했던 그곳이 아닌가! 그 광경을 보며 잠시나마 레(Lhe) 여행을 떠올려본다.

사람은 행복을 느끼는 방법과 강도는 모두 다 다양하고 천차만별이지만 옳고 그름은 없다고 생각된다. 난 학생들이 지금부터 본인의 진로와 꿈에 대한 로드맵을 만들어서 성적위주로 대학이나 직장을 가지 않았으면 한다. 나처럼 자기가 좋아하고 잘할 수 있는 것이 무엇인지를 빨리 간과하여, 단지 생계의 수단인 직업이 아니라 인류에 공헌하고 가치창조에 힘을 주는 직업을 갖기를 간절히 원한다. 그것이 행복으로 가는 지름길임을 잘 알고 있기 때문이다. 그래서 여행의 고민도 여기서 시작된 것이다.

몸살감기에 오한까지 겹친 상황에서도 내가 할 수 있는 꿈이야기가 있었기에 행복한 마음으로 여행을 떠났다. 그 동안 지구를 몇 바퀴 돌았는지 계산은 안 해 보았어도 어릴 적 꿈과 더불어 중학교 1학년 때 부터 꿈을 갖고부터 줄곧 행복했던 것은 분명히 계산할 수 있을 것 같다. 당시 몸은 비록 최악이었지만 내 꿈만은 최상이 었다.

인도 친구 너윈의 델리 집에서 새벽 3시에 일어나 보니 밤새 얼마나 앓았는지 식은땀으로 침대 시트가 흥건하게 젖어 있었다. 순간 내가 지금 죽으러 가는 건 아닌가 하는 생각이 스쳐지나 갔다. 정신을 가다듬고 세수를 하는데 양치질할 힘조차 없었다. 비몽사몽 중에 너윈이 말했다.

"형님 가지요."

이 한 마디에 용기를 내어 집을 나섰다.

25년 전 너윈과 함께한 인도여행은 설렘 반 실망 반이었다. 온통 도시는 매연과 부랑자와 쓰레기 더미로 그런 아수라장이 없었다. 이런 환경에서도 사람들이 행복하게 살 수 있는 비결을 배우고 싶었다. 인도를 지금까지 10번이나 다녀왔는데, 아직도 난 인도에 대해서 정확히 잘 모른다. 매번 이해 할 수 없는 일이 수없이 일어나기 때문이다.

이른 새벽인데도 많은 차들이 매연을 뿜으며 어디론가 자기의 일을 찾아 떠나고 들어온다. 온몸에 열이 펑펑 나는 가운데도 단지 고산지대 사막에 있는 호수를 보고 싶다고 이 새벽부터 돌아다니는 것을 보니 내가 생각해봐도 나 자신을 모를 때가 많다.

솔직히 난 겁이 참 많다. 그런데 이렇게 인도에 와서 낯선 곳과 낯선 사람을 봐도 전혀 두려워하지 않는 것을 보니 이해할 수 없었다.

아침부터 델리 공항은 사람들로 인산인해다. 12억 인구 중에 소수가 움직이는 것 같은데 대단하다. 1시간 30분 정도 소요되어 도착한 레(Leh) 공항은 정말로 허술하기 짝이 없다. 원래 이 지역은 중국, 파키스탄, 티베트, 인도 등 다양한 국경을 맞이하고 있기에 군사기지로 사용되다가 얼마 전부터 민간에게도 개방되어 지금은 죽기 전에 꼭 가봐야 할 여행지 100선 중에 한 곳이다. 원래는 목적지를 티베트로 정하고 준비를 했는데, 혼자 하는 여행은 불허한다는 중국 측의 통보로 갑자기 레(Leh)로 바꾼 것이다.

몸도 안 좋고 고도 3,8000 미터 이상이라 심히 걱정을 많이 했던 것처럼, 공항에서 나와 게스트하우스에 짐도 풀 겨를도 없이 쓰러지고 말았다. 온몸에는 심한 오열과 고산지대 두통과 살을 에이는 듯 오한 때문에 이불을 뒤집어쓰고 누워만 있어야 했다. 문득 이러다가 혹시 객지에서 객사하는 거 아닌가 싶을 정도로 심각했다. 아무런 방법도 없고 묘안도 없을 때 문득 내가 믿는 종교인 천주교의 사랑하는 성모님께 매달려 보기로 했다.

"성모님. 때가 됐으면 지금 고통 없이 데려가 주시고, 아직 이 지구상에 쓸 도구로 사용할 계획이 있다면 열 좀 내려 주세요."

간절히 기도했다. 그리고 얼마 후 눈을 떠보니 저녁이 한참 지났다. 밖은 어둠 캄캄하고 도통 사람이 보이질 않는다. 겨우 몸을 추슬러 게스트하우스 주인아주머니에게 사정하여 밥을 달라 하니, 겨우 퍼질 대로 퍼진 국수를 조금 내놓는다. 식어서 맛은 없지만 하루 종일 물만 먹고 버틴 내가 주는 대로 먹는 것도 이것만 해도 감사할 따름이다.

국수 한 그릇 먹고 나니 그래도 기운이 조금 났다. 바쁘다는 핑계로 게으른 이 죄인이 신앙생활을 제대로 못한 것이 하느님께서 이렇게 큰 시련을 주는가 싶어서 이 기회에 신앙생활을 열심히 해야겠다는 생각을 많이 해 보았다. 하느님께서는 나를 이토록 사랑하시어 언제나 관심과 채찍을 주심에 두 손 모아 감사 기도를 드렸다. 창밖에 비치는 무수한 별들이 나를 반기는 듯 초롱초롱하게 빛난다.

매번 느끼는 경험이지만 여행 중에 힘들 때는 집에 있는 가족들이 보고파진다. 특히 여행을 할 수 있도록 많은 항상 배려를 해 준 아내 실비아에게 고마움을 금할 수 없다. 아내는 나의 가장 협력자요, 친구 같은 여인이다. 아내가 없었다면 나의 꿈 "세계일주"도 불가능했으리라 생각된다. 죽음을 무릅쓰고 이곳까지 무사히 갈 수 있도록 도와준 아내와 하느님께 깊은 감사를 드렸다

지프차를 한 대 렌트하여 지구상에서 가장 높이 있다는 판공쵸 호수를 보러 떠났다. 지구상에서 가장 높은 위치에 있는 호수를 보는 것 외에도 그곳에 온 외국 여행자들에게 내가 회사에서 운영하는 프로그램 꿈을 이야기하고 싶어서였다. 페루에 있는 티티카카 호수도 다녀왔는데, 그곳도 지구상에서 가장 높은 호수라고 한다. 어디가 최고인지 모르겠다.

고열과 한기로 인해 한숨도 못자고 여행을 했더니 목덜미가 무겁고 머리가 멍한 것이 지금 생각해보아도 아찔했다. 그래도 나 자신과의 약속이니 어찌하랴. 왕복 10시간 정도 소요되는 지프차 1대 비용이 14만 원 정도이다. 인도 임금 노동자 14개월 치 임금이다. 2시간을 사막만 달린 차는 본격적으로 산비탈을 오르락내리락하며 달리는데 아찔한 장면이 한두 번 나오는 게 아니다. 풀 한 포기 하나 없는 산 위의 무수한 바위 돌들은 나를 또한 경악케 한다. 언제든지 마음만 먹으면 달려들 태세다. 운전을 조금만 실수하면

바로 황천길이다. 운전수는 하나의 미동도 없이 쉬는 시간 없이 내리 3시간을 달린다.

내가 힘들고 배고프다 하니 5,600m에 위치한 청라라는 고지에서 쉬었다 가자한다. 차에서 내리니 정신이 없었다. 갑자기 머리가 아프다. 고산병과 함께 가슴과 머리가 찢어지게 아팠다. 허기진 배를 채우기 위해 식당을 찾아보았는데, 허허 벌판위에 달랑 천막식당인 것 같은데 간판이 그래도 레스토랑이라 쓰여 있다. 메뉴는 고작 계란 후란이 밖에 없단다. 아침도 거르고 왔는데 너무나 배가 고파 밀크 티 한잔을 억지로 입안에 밀어 넣어 보았다. 살아야 하는 이유가 있기 때문이다.

죽을힘을 다해 도착한 판공쵸 호수는 정말로 푸르디 푸른 색이었다. 신은 위대하다는 생각이 가장 먼저 떠올랐다. 고생한 보람이 여기에 있었다. 얼마나 웅장하고 큰지 중국과 인도가 반반씩 나누어 갖고 있었다. 도착해보니 많은 여행자들이 벌써 그들만의 시간을 갖고 즐기고 있었다. 혹자는 이 호수만 보기 위해 유럽에서 많이들 오기도 한단다. 하기야 나도 엄청난 시간과 거금을 투자하여 여기까지 오지 않았나 싶다.

여행은 모름지기 자기만족이다. 무엇을 보고 먹고 가 아니라 본인이 스스로 느끼고 좋으면 그만이다. 그리고 그것으로 행복 해 하면 더욱 금상첨화다. 내 자신이 스스로 결정해서 힘들게 여기까지 왔고 평생 잊지 못할 추억을 만들어 가면 그만인 것이다. 판공쵸 호수는 영화 "세 얼간이"의 마지막 장면에서의 배경으로도 더더욱 유명해졌다. 그 풍광에 반해 오로지 이곳 판공쵸 호수를 보기 위해 라타크 여행을 결심했었는데, 황량하기 그지없는 민둥산과 푸른 호수가 어우러지는 풍경이 참 신비로운 곳이다. 레를 출발한지 6시간여 만에 하늘과 맞닿은 판공쵸 호수를 보니 정말 어디까지가 하늘빛이고 어디까지가 물빛인지 구분이 안되었다.

잠시였지만 하늘호수를 벗 삼아 명상에 잠겨보았다. 스쳐가는 바람소리와 함께 내 머릿속을 살포시 지나가는 그 무엇인가의 기운을 느끼며, 이 아름다운 풍경을 내가 살아가는 하나의 빛줄기로 여기며 살고프다. 무리한 여행을 한 탓인지 걱정 했던대로 열이 장난이 아니다. 준비해간 비상 감기약을 극약처방으로 먹었는데, 아침부터 아무것도 먹지 못해서 그런지 어지럽고 토할 것만 같았다. 울퉁불퉁한 산간 오지 길은 왜 이렇게도 험한지 허리가 끊어질 것만 같았다. 식은땀은 펄펄 나고 잠을 청해 보려고 해도 워낙 자동차가 요동을 치기에 잠을 청할 수도 없다. 고산지대라 그런지 두통은 여전히 멈추질 않았다. 2007년도에 아들 녀석과 함께 남미에 여행할 때도 이렇지는 않았는데, 세월은 못 속이는 것 같다. 그 세월을 그 누가 이길 수 있을까. 아직도 난 착각을 하고 살고 있는지도 모른다. 20대에 시작한 배낭여행이 벌써 60줄이 넘어 버렸다. 그러니 내가 아직도 20대인 줄로 착각하고 있는 것 같았다.

꿈 너머 꿈이 있듯이 인도를 넘어 세계일주의 꿈을 안고 지금은 1년에 25일씩 계산해서 25년 동안 625일을 여행만 한 것이 돼 버렸다. 우연히 계산을 한 나도 놀랍다. 남미를 여행 할 때는 아들과 함께, 조금 쉬운 곳은 아내와 함께, 또한 친구와 함께....... 그리고 혼자 하는 여행을 많이 한 것 같았다 여행하는 동안 매일 숙소에 들어와 나의 감정과 보고 들은 것을 노트에 적어 보았다. 그래서 내침 김에 여행기 책도 내어볼 생각이다. 이것 또한 꿈 너머 꿈이다.

아무리 돈이 많은 사람도 갈 수도 없는 것이 오지 여행이다. 예전에는 돈만 있으면 다 되는 세상이 있었다. 난 얼마나 행운아인가. 돈 주고 살 수 없는 많은 추억을 갖고 산다. 그리고 마지막 내 묘비에는 이렇게 쓰고 싶다.

"세상은 한번 살아볼 만하다."

프로필

- 교육콘텐츠개발전문기업 ㈜신원도예교육센터 대표이사
- 국제구호기구 사단법인 꿈나눔재단 이사장
- 28년째 세계일주 배낭여행자
- 국제구호전문가
- 경북 제1교도소 교정위원
- 전문직업인 진로 강사

이루 이명희 이상진 상소
상진 장소영 조명신 조봉
소영 조봉현 이루 이명희
봉현 이루 이명희 이상진
희 이상진 장소영 조명신
진 장소영 조봉현 이루
신 조봉현 이루 이명희
이명희 이상진 장소영 조
이상진 장소영 조봉현 이
조명신 조봉현 이루 이
이루 이명희 이상진 장소
명희 이상진 장소영 조봉
소영 조명신 조봉현 이루

2부

이　루
이명희
이상진
장소영
조명신
조봉현

당근에서 만난 친구

이 루

분당에서 10년 넘게 살다가 올 초 직장 때문에 타지인 여주로 왔다. 함께 근무하는 사람이 있으면 덜 외롭겠지만 직장인 한의원에는 아빠랑 나 둘 뿐이라서 더 힘들게 했다. 외로워 하다가 잠이 들었다가 눈을 떴다. 시계를 보니 새벽 두 시 반. 가끔 새벽에 깨는 날이 있는데 하필이면 또 그런 날이었다. 휴대폰 잠깐 하다가 다시 자려 했는데 도저히 잠이 안 와서 중고거래 앱 '당근마켓'을 뒤적거리다가 '동네생활 게시판'에 친구 구한다는 글을 올렸다.

여주에서 타지생활 하는데 외로워서 동네친구 구합니다.
20대 여성이구요.
되도록이면 여자분이셨으면 좋겠어요. 저랑 놀아주세요^^

글을 올리고 다시 잠들었다. 새벽에 깬 탓에 졸린 상태로 출근해서 근무하다가 문득 내가 올렸던 글이 생각났다. 한번 들어가보니 세 개의 댓글이 달렸다. 어떤 분이 나의 글이 재미있었는지 댓글을 달아 주었다.

"저랑 잘 맞을 것 같아요. 연락주세요."

왠지 나도 잘 맞을 것 같다는 느낌으로 채팅하게 되었다.

"여자이신가요? 나이는 몇 살인가요?"

"네. 여자이고 스물일곱입니다."

"혹시 청년다방 떡볶이 좋아하세용?"

"안 먹어봤어요."

"그럼 혹시 먹어볼 의향은 있으신가요?"

"넹."

"네. 그럼 합격입니당. 언니. 만나서 반가워요."

"저도 반가워요."

프랜차이즈 브랜드 청년다방 떡볶이를 너무 먹고 싶었던 나로서는 함께 먹어줄 수 있는 사람이 합격대상자였다. 다른 음식은 다 혼자 먹어도 청년다방 떡볶이는 혼자 먹기엔 너무 부담되는 양이라 둘 혹은 셋이서 먹어야 적당한 음식이기 때문이다.

이런저런 정보를 톡으로 공유하면서 기분이 좋아졌다. 드디어 직장 근처에서 만날 친구가 생겼기 때문이다. 음악학원 선생님들 말고는 주위에 아는 사람이 없어 외로웠던 나는 성격이 활달한 언니를 알게 되어 너무 행복했다. 하지만 부모님의 걱정을 뿌리칠 수는 없었다. 그래서 부탁한 것이 하나 있었다.

"언니. 나 당근으로 친구 만났다고 하면 부모님이 걱정하시니까 교회언니라고 말해줘."

"아 그래? 이루야 너 교회 다녀? 어디로 다녀?"

"응. 판교에 있는 W교회에 다니고 있어."

"그래? 나도 나중에 한번 가보고 싶다."

"아 진짜? 그럼 이번 주에 전도축제인데 시간되면 같이 갈래?"

"그래도 돼? 그럼 나야 감사하지."

언니에게 교회친구라고 말해달라고 한번 부탁했다가 전도를 해버린 현실로 일어날 수 없는 일이 일어났다. 요즘은 종교를 강요해서는 안 되기에 권유는 해보지만 싫어하는 것 같으면 같이 가자는 말을 거의 하지 않는다. 그런데 자발적으로 가겠다는 사람이 나타나서 마냥 신기했다. 지난 주일에 설교에서 담임목사님께서 한 명씩 전도하라는 말에 순종하라는 뜻 같아서 감사하고 설렜다.

기대되는 마음으로 언니 만날 날을 기다리다가 문득 궁금해진 것이 있었다.

"언니 우리가 만난 지 얼마 안됐는데 어떻게 교회를 가기로 마음 먹었던 거야?"

그렇다. 바로 만나자마자 교회 가겠다는 것이 너무 신기했다.

"음… 내가 요즘 예배의 필요성을 느끼고 있었거든. 그런데 네가 교회 다닌다니까 궁금해지더라고."

하나님이 절대 우연이 없다고 하셨는데 이 만남은 우연이 아닌 것 같다는 생각에 더 반가웠다. 언니가 부디 이 교회에 잘 정착할 수 있었으면 좋겠다는 생각을 했다.

이 놀라운 소식을 교회 같은 부서인 유치부 선생님들과 같은 그룹 사람들에게 전했다. 하지만 반가움보다는 걱정을 먼저 해주었다.

"괜찮은 사람 맞아? 막 이상한 사람 아니니?"

"아니에요. 진짜 괜찮은 사람이에요. 위험한 것 같으면 내가 먼저 정리하도록 할게요. 한번만 믿어주세요."

"알았어. 대신 조심하렴."

"감사합니다."

유치부에선 매주 돌아가면서 섬기는 선생님들이 본인의 고난, 걱정, 현재 어떻게 사는지에 대해 나눔을 하는데 하필이면 나눔이 내 차례였다. 그래서 솔직하게 당근으로 전도했다고 나누었고 이렇게 걱정을 해주었다. 나를 못 믿는 것 같아 속상했지만 마음은 이해하기에 그러려니 넘어갔다. 유치부 예배도 끝나고 드디어 두 시가 되어가고 있었다. 언니가 교회로 오고 있다길래 허겁지겁 언니를 마중 나갔다.

"이루야. 오랜만이야."

"응? 우리 오늘 처음 만난 건데?"

"참 맞다. 카톡으로 만나서 익숙해서 그랬다. 하하."

"그럴 수 있지. 예배드리러 들어가자."

언니와 함께 교회 안으로 들어왔다. 다른 사람들은 아무리 오라고 해도 안 오던데 만난 지 얼마 안 되어 전도한 것이 너무 좋고 행복했다. 하나님은 어떻게든 예배가 필요한 사람들을 곁에 붙여주시는 것 같아 너무나 감사한 마음뿐이었다.

나는 설교를 들리는 대로 적기에 열심히 적었다. 적는 도중 슬쩍 언니에게 말을 걸어보았지만 집중하는 것 같아 더 이상 방해하지 않았다.

예배가 끝나고 난 잠깐 소그룹 그룹원들에게 인사만 잠깐 하고 다시 나와 맛있는 것 먹으러 가기 위해 판교에 있는 H백화점으로 갔다. 백화점 안 푸드코트에서 우린 폭립을 먹었다. 오랜만에 먹은 음식이라서 그런지 아주 맛있었다. 밥을 간단하게 먹고 우린 카페로 갔다. 카페에 가자 언니는 나에게 본인이 다니는 회사의 제품을 추천해주었다. 처음엔 관심이 없었지만 언니의 말에 서서히 홀리기 시작했다. 언니는 본인이 다니는 회사 홈페이지에 나를 회원 가입 시키는 것부터 시작했다.

"여기 가입하고 핑크바이옴 피부 제품, 영양제 한 번 살펴보고 사. 그리고 너의 체중으로는 'TR90 쉐이크'를 추천하는데 조금 비싸. 그러니까 이건 나중에 고려해보고 돈 모아서 사."

생각할 틈도 없이 들이미는 언니의 말에 당황스러움을 감추지 못한 채 답했다.

"응. 언니. 내가 알아보고 살게."

그랬더니 쉼도 없이

"이건 진짜 내가 너를 위해서 말하는 거야. 우리 언니도 너랑 비슷한 체중이었는데 쉐이크 먹고 뺐어. 일단 돈 모아서 이것부터 해보자. 시작하고 관리해서 너의 몸이 좋아지면 부모님도 좋아하신다니까? 나는 너희 부모님을 설득할 수 있어."

"응. 한번 고려해볼게. 근데 우리 부모님은 이런 거 허락해주실 양반이 아니야."

"양반이란 단어는 부모님을 낮춰서 말하는 표현이야. 이거 부모님이 들으면 얼마나 속상하시겠니?"

"아하. 그럴 수 있겠다. 앞으로는 조심하도록 할게."

이렇게 내가 말하는 표현을 고쳐주는 부분에 대해서는 참 배울 것이 많은 언니라는 것을 알게 되었다. 하지만 대화를 주고받으면서 깜빡이도 없이 훅 들어와 제품을 추천하는 언니를 보며 약간 장사꾼 같다는 생각이 들었다. 원래 편안한 관계에서는 이렇게 처음 만나서 다짜고짜 들이대지를 않는다. 하지만 이 언니는 서로 적응

할 틈도 없이 바로 추천을 했기에 의심하게 되었다. 결국 솔직하게 말할 수밖에 없었다.

"언니. 이렇게 갑자기 훅 제품을 추천하는 것이 나로서는 너무 부담스럽네. 언니의 마음은 알지만 우리 담임목사님께서 사람은 믿음의 대상이 아니라고 하셨어. 앞으로는 주의해주었으면 좋겠어."

"아… 내가 생각이 짧았네. 근데 난 네가 예뻐지길 바라는 마음은 진심이야. 그러니 앞으로 함께 노력해보자."

언니의 답으로 왠지 모르게 안심이 되었다. 이 사람은 장사꾼이 아니라 진짜 나를 생각해서 이렇게 해준 말이었다는 것을 깨닫게 되었다. 내 곁에 좋은 사람이 한 명 들어온 것에 너무 감사해졌다. 그 후. 나도 내 몸을 가꿔야겠다는 생각이 들어 마트에서 판매하는 건강발효음료 '콤부차'를 마시기 시작했다. 맛은 있으면서 내 몸에 있는 나쁜 물질들을 발효시키는 음료여서 괜스레 건강해지는 느낌을 받았다. 언니에게 자랑하게 되었다.

"언니. 나 언니의 말 듣고 콤부차 마시기 시작했어. 나 잘했지?"

"콤부차는 효능이 너무 적어. 하려면 쉐이크가 직빵이야."

"그래도 안 마시는 것보단 마시는 게 좋은 거잖아."

언니의 말에 괜히 기분 나빠졌지만 아무렇지 않은 척 했다.

며칠 후, 우리가 가고 싶었던 예쁜 브런치 카페에서 두 번째 만남을 가졌다. 이 만남에서도 여전히 언니는 말을 예쁘게 해주었다.

"언니. 내가 아빠랑 싸우고 그만뒀다가 아빠가 사과해줘서 다시 마지못해 병원으로 복귀했어."

"우현아. 그것은 아빠의 잘못도 있지만 다시 받아준 것도 아빠잖아. 그럼 원망할 것이 아니라 고마워해야지."

언니의 말을 들으며 어쩌면 맞는 말이겠다는 생각도 들었고 나의 부정적인 말들을 긍정적으로 바꾸어주는 것 보고 너무 감사했다. 항상 어두웠던 내 인생을 조금씩 밝게 바뀔 수 있을 것 같다는 기대에 설렜다. 물론 제품에 대한 말도 아끼지 않았다. 제품 구매를 계속 유도하지만 밝은 언니를 보니까 이 언니가 설령 제품 판매 장사꾼이어도 난 후회하지 않겠다는 생각이 들었다. 언니랑 함께 내 인생을 만들어가도 괜찮을 것 같고 앞으로 긍정적으로 변할 내 모습에 설렜다.

교회 소그룹모임에 가서 언니에 대해 솔직하게 얘기하게 되었다.

"언니가 참 긍정적이라서 좋더라고요. 부정적으로 가득한 내 인생에 가장 필요한 사람 같더라고요. 근데 문제가 하나 있어요."

"뭔데?"

"저한테 물건을 추천해요. 이거 좋다 저거 좋다 하면서 한번 사서 써보라고 계속 권유해요."

"그렇구나. 그런데 그 분이 추천하는 브랜드는 다단계야. 네가 제대로 분별하려면 좋은 사람인 것은 알지만 나중에 어떤 일이 생길지 몰라서 끊어냈으면 좋겠어."

"그래도 알았으니까 지금 당장은 아니더라도 진짜 이 언니랑 같이 지내는 게 아닌 것 같으면 그때 끊어낼게요. 만날 때 마다 잘 나누고 기도 부탁할게요."

"그래 알았어."

소그룹 리더 언니의 말을 듣고 다단계였다는 것을 깨달았다. 나누면서 간다고 할지라도 나중에 어떻게 유혹을 당할지 모르기에 애초에 싹을 잘라내야 했다.

하지만 나는 스스로 분별할 수 있을 것 같다는 생각에 관계를 유지하기로 했다. 그룹원들과 리더 언니의 말을 듣고 다단계에 대해 제대로 알아보게 되었다. 다단계 비즈니스를 하게 될 경우에는 위험하지만 제품은 괜찮다는 후기가 많았다. 그걸 보고 무조건 제품을 추천한다고 경계한 내 자신이 창피하고 언니에게 미안해졌다. 멋모르고 판단한 내 자신에 대해서 부끄럽고 화가 났다. 그리고 나를 진심으로 생각해서 추천해준 언니한테 사과했다.

"언니. 교회에서 제품이 다단계라고 해서 나는 무조건 나쁘다고 생각을 했어. 그런데 언니가 자부심 있는 것 보고 믿어봐도 될 것 같았어. 내가 오해해서 미안해. 쉐이크는 힘들겠지만 나중에 기회가 되면 화장품이나 영양제는 한번 써보도록 할게. 그리고 영업하는 것 쉽지 않은데 완전 멋있다."

"충분히 좋은 제품이야. 공부도 엄청하고. 너는 받아들이지 못하는 것 같아 안타까워. 그리고 주위 말만 듣고 판단하지 않았으면 좋겠어. 또한 영업한다고 하찮다고 생각하는 거니?"

"응? 아니. 하찮다고 생각 안 해. 나는 아빠 한의원에서 사람 마주하는 것만으로도 힘들어 하는데 언니는 자신 있게 추천하는 모습이 너무 멋있어서 그런 거야."

"그래, 알았어."

관계를 계속 유지하기 위해서는 먼저 사과해야 할 것 같았다. 그래야 조금 더 건강한 관계로 발전할 수 있을 것 같았기 때문이다. 많은 고민 끝에 한 말이었는데 반응이 다르게 나와 조금 당황하고 내가 실수한 것 같아 마냥 속상했다.

하지만 시간이 흐를수록 내가 잘한 선택이라는 생각이 들었다. 좋은 언니와 관계를 지속하지 못한다는 아쉬움은 있었지만 제품 추천하는 것이 부담스러운 면이 있었고 나와는 맞지 않다는 생각이 들었기 때문이다.

나도 한때는 한 선교단체에 들어가 부모님의 반대에도 불구하고 무조건적으로 전도한 적이 있었다. 상대방이 준비 안 된 상태에서 같이 가자고 끊임없이 설득을 했고 강요했다. 지금 생각해보면 어처구니없고 창피한 일이다. 그렇기에 그 언니의 성격은 좋지만 본인이 깨닫지 못하면 나에게 앞으로도 꾸준히 물건 추천할 것이다.

그렇게 만난 지 3주 만에 친구를 잃었다. 왠지 모르게 속은 쓰리지만 한편으로 시원하기도 하다. 내 욕심과 내 필요로 구한 친구였기 때문이다. 너무나 외로워 교회 공동체 사람들은 나몰라라 하고 타지친구를 구하고 싶었다. 충분히 교회 언니 오빠들 동생들한테 연락하면 되는데 난 가까이 사는 사람이 필요하다면서 거부했다. 충분히 좋은 사람들을 곁에 놔두고 멀리서만 구한 내 잘못인 것 같다. 지금은 교회에서 섬기는 부서인 유치부에서 청년부 형제자매들과 소그룹 단체톡방에서 대화를 나누며 외로울 틈이 없다.

앞으로는 온라인이 아닌 내 주위에 있는 사람들과 친하게 지내며 더 잘하고 싶다. 솔직히 너무 아쉬운 것들이 많다. 언니와의 공통점 중에 독서를 좋아하는 것이 있다. 우리가 읽은 책에 대해 함께 나눠보자면서 대화를 나눈 적이 있었는데 좋아하는 주제가 비숫해서 대화가 잘 되었다. 그렇기에 더 아쉬움이 많은 것 같다. 요즘은 책을 가까이하는 사람들을 찾기가 쉽지 않기 때문이다.

그래도 후회는 없다. 당근마켓에서 사람을 잘못 만나서 팔랑귀가 되었지만 이 또한 나의 추억이고 경험이다. 앞으로 살아가는 데에 있어서 이 기억이 종종 생각나겠지만 단순한 해프닝으로 웃고 넘어갈 수 있을 것 같다. 친구는 어떤 의도나 목적으로 사귀는 게 아님을 알게 된 게 소득이라면 소득이다.

프로필

- 학창시절 당한 괴롭힘과 은따로 우울증이 왔지만 종교의 힘으로 이겨내는 중이다.
- 지금도 연약해서 힘들지만 나와 같은 아픔을 가진 사람들에게 글로 위로해주고 싶은 앞날이 창창한 스물다섯 청춘!
- eroorich12@gmail.com
- 인스타 아이디 https://instagram.com/eroo__happy

천진난만 숫돌이

2022년 월드컵! 포르투갈을 2대 1로 제치고 16강에 진출하자 모두가 열광하였다. 응원을 하고 있으려니 지난날 특수학교 초임교장 시절 천진난만한 우리들의 영웅들이 펼쳐진 영화같은 한 장면이 떠올랐다.

새내기 교장이 된 나는 발달장애를 위한 특화된 교육 활동이 필요하다는 생각을 하던 중, 우리 학생들이 제일 좋아하는 2002년 월드컵 응원가, '대~한민국! 짝짝~짝 짝짝!'이 전교생의 마음을 하나로 모으는 가장 효과적인 구호였음을 기억해냈다. 개별교육을 중시하던 그때 여럿이 호흡을 맞추는 단체활동은 조금 힘들거라는 생각이 들었지만 축구부를 결성해 그들의 가능성에 도전해 보고 싶었다.

2006년 7월, 방학을 며칠 앞둔 어느 날 체육부장에게 우리 학교에 축구부를 결성하면 어떻겠느냐고 운을 뗐더니 난감해하던 체육부장도 뭔가 결심이 선 듯 나서 주었다. 내친김에 경기도 장애학생 선수등록도 하자고 제안했다. 일사천리로 선수 후보들을 뽑아놓고 학부모 동의를 받으려니 찬성파도 있고 반대파도 있어 애를 먹었다. 운영 예산과 지도 교사도 문제인데 더 급한 문제가 생겼다. 경

기도 장애학생 선수등록을 하고 온 체육부장이,

"교장선생님! 큰일 났어요. 10월 초에 대전에서 경기가 있는데 아무 학교도 등록을 안 해서 우리 학교가 경기도 대표로 나가야 한다네요. 교장선생님! 아무래도 무모한 것 같아요."

듣고 보니 난감했다. 그렇다고 포기할 수도 없었다. 팀은 채 정비도 안 됐는데 단번에 경기도 대표학교라니… 마침 방학을 해서 아이들을 모을 수도 없었다. 당시 용인, 수원, 분당 지역으로 흩어진 학구에서 학교 버스로 등교하던 학생들은 방학을 해서 통학버스를 이용할 수가 없는데, 그렇다고 학부모들에게 개별 등교를 시키면서 연습할 상황도 아니었다. 아무 것도 못 한 채 방학을 보내고 개학을 맞이하였다. 이제 연습 시간은 겨우 한 달 남짓, 그래도 우리는 포기하지 않고 출전을 다짐하면서 훈련을 시작하였다.

마침 체육과 출신 교사가 오전에 2시간씩 학생들을 따로 지도해 주기로 하여 지도교사 문제는 간신히 해결되었는데 문제는 운영비였다. 운영비 마련할 방법을 궁리 중인데 마침 분당구청 잔디밭에서 제1회 유소년축구대회가 열린다는 플래카드가 내걸렸다. 일반 학교에서 잠깐 체육부장을 하던 경험에 비추어, 대회 개회식에 많은 교육계, 체육계 인사들이 올 것이 분명했다. 특수학교의 축구부를 알리고 지원을 요청하기로 했다.

일요일 아침 분당구청 유소년축구대회에 불청객으로 참석했다. 방명록에 이름과 소속을 당당히 적고 내빈석에 안내를 받아 앉았는데 여자 내빈은 나 혼자여서 당연히 이목이 많이 쏠렸다. 내빈을 소개하는데도 많은 사람들은 생소한 학교 이름이라 아무도 관심을 갖지 않았다.

개회식이 끝나고 간단히 다과를 하는 자리에 시장, 국회의원, 도의원, 시의원 체육관계자들이 서로 명함을 주고받으며 인사를 나누고 있었다. 아무도 관심 가져주지 않지만 셀프 소개를 열심히 하고 있던 중 성남 일화축구단 대표님을 만나게 되어 우리 학교의 상황을 설명했더니 흔쾌히 지원을 약속하고 유소년 축구대회 지원금 중 일부를 후원해주시겠다고 해서 운영비와 유니폼이 해결이 되었다.

　　이렇게 해서 운영비와 유니폼을 마련하고 나니 개선장군이 된 기분이었다. 다음 날 운동장에서 연습을 시작한 학생들을 격려하려고 나가 보니 운동장에 학생들이 줄을 서서 공을 안고 뛰어다니고 있었다. 하도 기가 막혀서, 지도 교사에게 축구는 발로 하는데 대회에 가서도 공을 안고 뛰면 어쩌느냐고 했더니 지도교사 왈,

　　"교장선생님! 아이들이 축구를 잘 모르니 우선 공과 친해져야 하고 재미있게 해 주어야 할 것 같아서 여러 방법을 이리 저리 적용하고 있습니다."

　　듣고 보니 미처 거기까지 생각이 미치지 못한 내가 부끄러웠다. 우리 아이들에게 성급함으로 가르쳐서 되지 않는다는 사실을 망각했었다.

　　대회출전 하루 전 대전으로 향했다. 봉고차 안에서의 축구부 학생들은 소풍가는 기분으로 들떠 있었다. 마치 자기들이 박지성 선수가 된 것처럼 으쓱했다. 하기야 당당한 경기도 대표이니 그럴 만도 했다. 차를 타기 전에 보니 유니폼은 학교에서 마련해 주고 축구화만 준비하라고 부탁을 했는데 형편이 어려웠는지 그냥 운동화를 신고 온 학생들이 대부분이었다. 대전에 도착해서 학생들 발

사이즈를 대강 찾아서 시장에 들러 축구화를 사다가 신겨 놓고,

"신발이 잘 맞니?" 하고 물으면

"네!"

하고, 다시

" 신발이 불편하니?"하고 물어도,

"네!"

한다. 도무지 맞는 건지 안 맞는 건지 가늠하기 어려웠다. 축구화 앞굼치를 눌러보고 잘 맞는지 여러 차례 확인을 하고서야 겨우 축구화를 해결했다.

대회당일 아침 우리들은 새로 준비한 멋진 유니폼을 입고 시합을 기다리고 나는 교장선생님들을 비롯한 내빈들이 있는 천막으로 가서 앉았다. 참석한 분들의 면면을 살펴보니 대부분 경력이 많고 대회 경력도 있는 분들이었다. 축구에 대해 잘 모르는 홍일점 여교장은 아는 사람이 전혀 없는 장소에서 앞으로 전개될 상황에 대해 전혀 예상이 안 돼 초조하게 앉아 내빈 접대용 커피 잔만 만지작거리고 있었다.

잠시 후 아이들이 운동장에 모습을 드러냈다. 일렬로 늘어선 선수들의 모습을 보니 상대 선수들은 키도 작고 까무잡잡한데 우리 아이들은 훤칠한 키에 체격도 좋고, 특히 선명한 새 유니폼이 멋진 귀공자들처럼 보였다.

드디어 경기가 시작됐다. 우리 팀 선수들이 공을 중심으로 한 덩어리로 뒤엉켜서 우왕좌왕하고 있는 틈에 상대편 선수가 공을 가로채 드리블 해서 골을 집어넣었다.

"골인! 골인! 골인!"

그런데 자세히 보니 기현상이 벌어지고 있었다. 골을 먹었으면 땅을 치고 자책 하든지 하다못해 고개라도 떨궈야 할 우리 아이들이 골인! 골인! 하며 더 기뻐 날뛰는 게 아닌가!

다시 경기가 시작되면서 공을 서로 다투다가 다른 지성이가 공을 낚아채더니 우리 골문을 향해 차려고 하는 것이었다. 지도교사와 학부모들이 이구동성으로

"지성아! 돌아! 돌아! 지성아! 돌아! 돌아! "

하고 힘껏 외치자 지성이가 공은 놓아두고 몸만 돌았다. 그 순간 상대편의 학생이 공을 몰고 골대로 향해 달렸고 순식간에 골인! 스코어는 6대 0이 됐다. 심판은 이대로 진행하면 안 되겠다고 판단을 했는지 우리 선수들을 줄 세워서 한사람이 공을 잡으면 다른 사람은 패스 받을 준비를 하라면서 때아닌 축구교실을 열었지만 여전히 우리 편이 공을 잡아도 무조건 몰려다니다가 상대 선수에게 빼앗겨 어느새 9대 0이 되었다.

다른 교장선생님들 보기가 민망해서 얼굴에 벌겋게 열이 올라 머리를 감싸면서 고개를 들지 못하고 있는데 옆에 앉은 교장선생님이 처음엔 다 그런 거라고 위로하며 한 마디 훈수하길, 골키퍼가 있으나 마나 한 것 같으니 골키퍼를 차라리 뛰게 하는 게 좋겠다며,

"골키퍼가 조금 잘하게 생겼는데요?"

하는 것이었다. 얼른 지도교사에게 가서 전했더니

"안됩니다! 그 아이는 공을 잡는 법만 가르쳐서 공을 찰 줄은 모릅니다."

하는 게 아닌가. 천막으로 되돌아가서 교장선생님들에게

"우리 골키퍼는 공을 잡을 줄 만 안답니다."

했더니 모두들 박장대소를 하며

"그렇지! 그래 그래! 그게 지적장애학생 축구대회여! 그런데 저 상대 학교는 우승 후보라네 하하하!"

하며 웃음잔치를 벌였다. 운동장에서는 여전히 심판이 우리 학생들을 지도하고 있었다. 줄 세워 천천히 진행해서 전반전은 9대 0으로 끝났다. 함께 간 교무부장을 불러서 상대 학교가 우승 후보라고 하는데 혹 아는 사람 있으면 살살하라고 부탁 좀 해보라고 이르고, 휴식 시간에 우리 학생들에게 내려갔더니 반가워서

"우리 잘했어! 우리 잘했어!"했다.

"그래 잘했어!"

맞장구를 쳐주자 신이 난 우리 학생들은 사기가 충천해서 벌써 우승이라도 한 것 같았다. 구경하던 학부모 중에는 자기 아이가 너무 못하니 빼야 한다고 해서, 모두가 도토리 키 재기인데 다 빼면 누가 시합하느냐며 모두들 한바탕 웃었다.

이어 후반전이 시작되었다. 심판은 하프 라인에서 우리 학생들을 일렬로 세우고 상대편 학생들은 자기편 포지션에 서 있었는데 우리 학생 한 명이 드리블을 하면서 상대편 학생 근처로 가도 상대편 학생들은 움직이지 않고 그대로 자기 자리에 서 있었다. 그러다가 어떤 학생이 조금 움직이니까

"야! 선생님이 움직이지 말라고 했잖아!"

하면서 소리를 치는 것이었다. 그러는 틈에 우리 선수가 단독 드리블로 골대 근처까지 가게 되었다.

우리 학생은 골키퍼를 응시하다가 골키퍼에게 오른손을 들어

내저으며 비키라는 신호를 보냈다. 순간 골키퍼는 어찌할 줄을 몰라 엉거주춤 옆으로 비켜섰고 우리 학생은 냅다 공을 차서 골을 넣었다. 와! 골인! 골인!

당시 움직이지 않고 자기 자리에서 가만히 서 있던 상대편 학생들과 단독 드리블로 공을 한 번씩이라도 발로 찰 수 있게 해 준 심판… 우리 학생들은 한 편의 영화를 찍고 있었다. 어찌되었건 귀한 한 골 넣은 우리 아이들이 어깨동무를 하고 한마음으로 기뻐하는 모습이 눈물겨웠다.

우리는 9대 1로 지고도 시합에서 이긴 것 같은 행복감을 가득 안고 돌아왔다. 세상 기준에서 보면 부족한 이들이 우리 삶의 교훈이 되는 것은 당연한 일인지도 모른다.

프로필

- 성남 희망대초등학교, 성남초등학교 교사 근무
- 성남혜은학교 교사, 교감, 성은학교 교장 근무
- 경기도교육청 특수담당 장학관 근무
- 성남혜은학교 교장 근무 후 퇴임

나는야 봉장

이 상 진

벌써 몇 분째 말없이 교실문만 뚫어져라 바라본다. 첫사랑 고백을 하는 것도 아닌데 쿵쾅거리며 요동치는 내 심장소리는 교복을 뚫고 나와 복도 끝까지 내달릴 듯 했다.

"야, 쉬는 시간 5분 밖에 안 남았어, 빨리가자! "

매점으로 달려가는 이름 모를 아이들의 목소리에 정신이 번쩍든다.

'그래, 더 이상 지체할 시간이 없어. 오늘이 마지막이야. 이 문을 못 열면 오늘도 난 진짜 끝이라고!'

마음의 열의가 너무 넘쳤나보다. 살며시 연다는 것이 너무 힘차게 열어 제쳐버렸다. 시끌벅적하던 아이들이 일제히 나를 바라본다.

"안녕하세요, 저는 3학년 4반 이상진입니다. 다름이 아니라 봉고차 통학 멤버를 모집하고 있습니다. 자세한 내용은 교실 뒤편에 붙이고 가겠습니다. 그럼 감사합니다."

그렇게 속사포로 랩을 읊듯 할 말을 정신없이 쏟아내고 스프링에 튕기듯 교실문을 나왔다. 이게 뭐라고 그렇게 힘들었을까 생각하다 부끄러움을 무릅쓴 내 자신에게 미소가 지어졌다. 참 신기한

• 71

일이다. 아직 봉고차 통학 멤버가 구해진 것도 아닌데, 집으로 가는 길이 힘들게 느껴지지 않으니 말이다.

"우리 공주는 세상에서 가장 멋진 미녀 공주예요~. 마음씨 착하고 영특하고, 튼튼한 세상에서 가장 멋진 미녀 공주예요~"

점선처럼 들려오던 목소리는 내 발을 주물러주는 아빠의 손길을 느끼면서 또렷한 실선처럼 바뀐다. 그렇게 나는 꿀맛같은 단잠을 끝내고 고3의 현실아침을 맞이한다. 고등학생이 전학하는 일은 드문 일인데, 나는 그 어렵다는 것을 그것도 고3에 하게 되었다. 집에서 학교까지의 거리는 승용차를 이용해도 아침등굣길에 30분은 족히 걸린다. 버스는 말해 뭐할까.

매끄럽게 깎은 아침사과는 건강에 금메달이라지만, 무거운 책가방과 도시락을 2개나 들고 나선 3월의 고등학생에겐 그냥 주머니에 손을 넣을 수 없게 하는 거추장스러운 물건에 불과했다. 버스정류장까지는 걸어서 10분. 오늘따라 도시락 가방은 왜 이렇게 잠바에서 흘러내리는지, 오늘따라 교복치마와 나일론스타킹은 왜 이렇게 정전기가 난리인지. 종종걸음으로 한 손으론 치맛자락을 내리랴, 한 손으론 사과를 우걱우걱 베어 먹으랴 걷는 와중에 버스를 놓칠까 수시로 뒤돌아보랴 정신이 없다. 아침에 감은 머리카락은 찬바람에 뻣뻣해져서 치마만 둘렀지 산적이 따로 없는 모습이었다.

'내 오늘은 기필코 봉고멤버를 구하고야 만다! 나도 아침에 우아하게 학교 좀 가보자고~~!'

전쟁같이 보낸 일주일 아침을 상기하며 굳세게 마음을 먹고 봉

고 통학멤버를 구한다는 방을 만들려고 종이를 꺼냈다. 출발지점
은 우리 집이고 도착지점은 학교, 문의하는 곳은 내 이름 이상진,
문의전화는 우리 집 전화번호. 이렇게 쓰고 나니 막막해진다. 종
이는 텅텅 비어 있고 무언가를 더 써야 할 것 같은데 이런 경험이
처음이라 도통 무엇을 써야 할지 모르겠다. 새 종이를 꺼내서 글씨
크기를 좀 더 크게 쓰고 덧붙여 적어 보았다.

3학년 4반 교실로 문의바람, 착한 언니임

1, 2, 3학년 총 합이 25개 반 일일이 A4용지에 정성스럽게 쓰고
있는데 엄마가 잘 개어진 옷을 가져다 주시며 힐끗 보신다.
"숙제니? 그런데 중간에 아무데도 안 멈추고 직행하는 특급 봉
고인 거야?"
엄마의 무심한 한 마디에 나는 정신이 번쩍 들었다.
"아… 맞네요."
새로운 종이를 꺼내려다 종이 낭비한다고 혼이 날까봐 아래에
한 줄을 추가한다.

<남산동에서 사직동까지 오는 길에 원하는 곳에 들를 수 있음>

이제 모든 것이 끝났다 생각하고 가방에 넣으려는 찰나, 퇴근하
신 아빠가 땅콩쿠키를 가져다주시며 말을 보탠다.
"공주야~ 그런데 남산동에서 사직동 가는 길이 하나가 아닌데,
여러 곳이 동시에 정해지면 어느 곳으로 가는 거니? 거기에 대한

대책은 있니?"

"아...그러네요."

누가 들어도 바람 빠진 풍선같은 목소리로 대답하는 내게로 동생이 뭔가를 던진다. 부산시 도로지도였다.

"누나야, 엄마가 자동차 연수할 때 보시던 건데 한번 봐. 봐도 잘 모르겠으면 이번 기회에 도로 공부 좀 하고. 그리고 누나 네가 기준을 정하면 되잖아."

나는 그렇게 내 작은 시작을 바탕으로 엄마, 아빠, 그리고 평소엔 나의 안티였던 동생의 조언을 켜켜이 쌓아 드디어 수제 전단지를 완성했다. 모집광고를 한다고 해서 모든 것이 다 해결될 거라 생각했던 건 아니지만, 그래도 이정도로 힘들지는 몰랐다. 교실마다 공고문을 붙인 이후 나는 언제 누가 교실을 찾아올지 모른다는 생각에 쉬는 시간 매점가기, 점심시간 친구들과 나가서 놀기를 포기해야만 했다.

그러다 딱 한번 우리 옆 학교 1학년 학생이던 배우 공유가 운동장에 나타났다는 소식에 얼굴 한 번 보겠다고 뛰쳐나갔는데, 가는 날이 장날이라고 하필 그 날 1학년 학생이 우리 교실에 찾아왔다. 다음날 다시 올 것 같았던 내 기대는 산산이 무너졌고 난 급기야 1학년 교실을 쉬는 시간마다 돌아다니며 찾아다녔지만 얻은 것이라곤 닳은 실내화, 계단 오르내리기 실력, 그리고 약간의 다이어트였다.

하지만 뜻이 있는 곳에 길이 있는 법! 시간은 좀 걸렸지만, 나의 봉고차 소문은 학교에 퍼졌고 3달이라는 시간은 걸렸지만 15인의 멤버를 완성하게 되었다. 아, 봉고차 아저씨까지 구했으니 16인의 멤버인가?

우리 학교 앞에는 〈3봉〉이라는 것이 있었다. 300원을 내면 평지인 버스정류장에서부터 오르막 끝에 있는 학교까지 태워주는 봉고차를 말했다. 이름부터 유쾌한 〈3봉〉은 유치원셔틀 전에 일터에 나선 부지런한 봉고아저씨들의 소중한 용돈벌이이자, 여고생과 남고생들이 유일하게 부대끼며 같이 등교할 수 있는 핑크빛 미팅의 공간이었다.

나는 그 봉고차 아저씨들 중 인상이 가장 좋아 보이시는 세 분께 봉고차 운행을 제안했고, 아저씨들이 서로 공유하시지 못하도록 편지로 가격 협상을 하고 나름의 기준으로 대화를 나눠본 뒤 한 분과 최종 결정을 하게 되었다.

"상진아! 이제부터 네가 봉장이다 알았지?"

"네? 그게 뭔데요?"

"네가 총책임자라는 뜻이지! 네가 나를 고용했으니까 내 월급을 나에게 줘야 하는 것이다. 학생들 사이의 연락을 네가 다 하고, 사람이 빠지면 네가 채우고, 봉고 운행비를 걷어서 내게는 정해진 날짜에 한꺼번에 줘야 하는 일이 가장 중요한 일이지. 그리고 혹시 내가 운행을 못할 때 너에게 대표로 연락을 하면 네가 다른 학생들에게 연락을 해주는 거야. 별로 어렵지 않지?"

돈 이야기부터 갑자기 머리가 하얗게 되었다. 나는 학생들 개개인이 아저씨에게 내면 되는 것으로 생각했지만, 아저씨의 입장은 달랐다. 아저씨께서 하시는 말씀에서 틀린 점을 찾을 수 없었고, 나는 그냥 '네'라는 대답과 '아, 어쩌지'라는 생각 외에는 달리 할 것이 없었다.

혼자서 모집공고를 만들고, 학교를 수십 차례 뛰어다니며 개인 시간을 포기한 채 시간을 들여서 인원을 채우고, 나름 다른 봉고 운행비까지 알아보고 아저씨들까지 면접하면서 완성한 일이었기에 어깨에 힘이 좀 들어가 있었는데, 역시 허세 들어간 어깨는 걱정 한 방에 폭삭 내려앉았다. 그런데 우습게도 그날 어깨의 힘이 가장 셌다는 것이다.

"안녕, 나는 아침잠이 좀 많은데, 네가 먼저 탔다가 우리 집에 들러주면 안 될까?"

한 아이가 나에게 제안을 했다. 멤버를 잃으면 안 될 거라는 생각과 나 한명 희생하면 되겠다는 가벼운 생각에 그렇게 하겠다고 덜컥 약속을 했다. 그렇게 봉고아저씨에게 상의를 드리니 아저씨가 펄쩍 뛰셨다. 그 학생 집을 지나서 우리 집으로 오는 것이 아침 출근길 동선도 맞고 기름도 절약하는 길이라고 딱 잘라 거절하셨다. 나는 다시 그 이야기를 전했지만 이미 그 친구는 완고했다.

"네가 된다고 했으니까 네가 책임져!"

"내가 배려해 주려고 했지만, 아저씨가 현실적으로 안 된다고 하시잖아. 내가 정확히 알아보지 못하고 대답했어. 내 잘못이야 미안해."

"너는 왜 확실하지 않은 것으로 대답을 해서 사람을 헷갈리게 하니?. 알았어. 봉고는 없던 일로 할게."

눈물이 핑 돌았다. 내가 뭘 그리 잘못했나 싶었다. 하지만 대부분의 멤버들은 나를 봉장이라 부르며 기분 좋은 왕관을 씌워주었다.

"안녕, 나는 너랑 같은 3학년이니까 그냥 네 뜻에 따를게."

"봉장, 봉고차 구해줘서 고마워."

"봉장, 네가 제일 좋은 자리에 앉아."

"언니! 이거 발렌타인데이 초콜릿이에요."

봉장이 뭐라고 이런 기쁨도 있었다. 하지만 모든 일에는 장, 단점이 있는 법! 나는 핑계가 아니라 봉장을 하느라 공부를 할 수가 없었다. 아저씨의 월급일은 어찌나 자주 다가오는지, 나는 아이들에게 운행비를 수거하러 다니기 바빴고, 그마저 제 날짜에 안 지키는 아이들의 집에는 일일이 전화를 해서 찾아가는 수고를 해야만 했다.

봉고차에 탈 때면 아이들이 안전벨트를 똑바로 하는지, 내릴 때도 제일 마지막에 내리면서 누가 두고 내린 건 없는지, 있으면 누구 것인지 기억을 했다가 일일이 교실에 가져다 주어야 했다. 이름이 좋아 봉장이지, 이건 뭐 시종장이 따로 없었다.

어느새 여름이 되었다. 봉고차 멤버들은 그대로였지만, 사람의 마음이 그대로일 리 없었다.

"학생, 우리 집은 학교에서 가까운데, 돈을 다 똑같이 내야 하는 거야? 아저씨에게 이야기하니까 학생에게 이야기하라던데, 봉고비를 누가 정했어?"

"언니, 저는 아저씨 옆자리에 앉게 해주면 안돼요? 다른 사람들이랑 같이 앉는 거 별로예요."

"저는 지각 하는 거 너무 싫어하는데, 3번 이상 늦게 나오면 뺀다는 규정 만들면 안돼요?"

"언니 저는 뭐든 상관없어요. 근데 추위를 많이 타서 여름에는 에어컨을 안틀면 좋겠고, 겨울에는 문 근처만 아니면 어느 자리든지 상관없어요."

한 명이 즐거우려면 반드시 누군가가 희생을 하거나, 즐겁지 않아야 함을 길지 않은 시간동안 배웠기에 나는 봉고멤버들을 소집했다. 나는 그 누구도 잃고 싶지 않았고, 더 이상 내가 상처받고 싶지도 않았기 때문이다. 개별적으로 이야기하지 말고 공개적인 자리에서 이야기하고, 서로 의견을 조율하자고 했다. 그랬더니 신기한 일이 벌어졌다.

"나는 생각해보니 말 안 해도 될 것 같아."

"나도."

"나도."

하지만 나는 거기서 물러서지 않았다. 이건 해결이 아니기 때문이었다. 이름을 밝히지 않은 채 어떤 의견들이 있었는지 말하였고, 모두가 그 의견에 대해서 조금씩 입장을 밝히며 문제를 해결해 갔다.

그렇게 우리는 한 달에 한 번씩 회의를 가지기로 하고, 운행비수거에 대한 부담이 컸던 나는 아저씨 계좌로 직접 입금하자는 제안까지 성공하게 되었다. 처음에는 자리경쟁을 시작으로 각자 날이 서있던 우리의 봉고차 속 작은 전쟁은 1년이 지나갈 무렵 학년에 무관하게 친해진 끈끈한 우정으로 변해 있었고, 나는 봉고차 아저씨에게 〈내가 만난 최고의 봉장〉이라는 찬사를 듣게 되었다.

프로필

- 서울 이화동 출생, 부산에서 자람
- KNN전문인 PSB부산방송에서 방송인 생활,
- 현 리드인 마포서대문지사장 및 월촌센터운영

아름다운 인생

장 소 영

누구의 인생이든 꽃은 반드시 핀다.

봄에는 개나리가 피고 여름에는 해바라기가 피며
가을에는 코스모스가 피고 겨울에는 동백꽃이 피듯
우리네 인생도 꽃이 피는 계절이 아주 조금씩 다를 뿐이다.

그러니 아직 그대의 인생에 꽃이 피지 않았다 하여
너무 슬퍼하거나 좌절하지 말기를..

프로필

- 서양화가/ 문화예술인
- 갤러리하임 대표
- 한국컬러유니버설디자인협회 이사
- 라이센스 뉴스 칼럼니스트
- 국립박물관문화재단 박물관 미술관 주간 홍보대사
- 한국문화예술위원회(ARKO) 예술나무운동 홍보대사
- 아프리카아시아난민교육후원회 ADRF 홍보대사
- 중앙대학교 미술디자인학과 석사 졸업
- 중앙대학교 예술학과 박사 과정

아버지의 바다

조 명 신

그 바다는 맑고 잔잔했다. 가끔은 바람에 파묻혔다가 하얀 이를 드러내기는 했지만, 그 바다는 파란 하늘에 작은 조각 흰 구름 같은 무늬가 가득한 것만 보였다.

아버지는 그 바다에 긴 대나무 낚싯대를 바람 소리를 가르면서 내던지셨다. 그런 바다에서 간간이 낚아 올리는 것은 돔을 닮은 빨간 가시고기였다. 어렸던 나는 파란 바다에서 건져 올리는 빨간 물고기가 무섭다기보다는 신기하게 생각되었고, 나 역시 아버지의 흉내를 내듯 키보다 훨씬 긴 낚싯대와 더 긴 낚싯줄로 빨간 고기를 낚을 생각으로 부지런히 갯바위에서 바다를 향하여 던져 보았지만 낚아 올리는 것은 작고 하얀 피라미가 아니면 배만 불뚝하는 새끼 복어 같은 이름 모를 작은 물고기 정도였다. 그것도 아니면 미끼만 다 뜯어 먹힌 빈 바늘을 건져 올렸다.

그나마 내가 잡은 고기들은 치어라며, 또는 먹을 수도 없는 것이라며 잡는 즉시 다시 바다로 던지는 것이 많았다. 그래도 그렇게 바닷바람을 맞으면서 무언가를 낚아 올리는 재미를 어린 시절부터 느꼈던 탓인지 세월이 지난 지금에도 누군가 낚시에 관한 이야기를 입에 올리면 눈이 번쩍 뜨이면서 미끼가 어쩌고 채비가 어찌하니 하며 입에서 휘파람 소리가 들리도록 불어내기 바쁘기도 하다.

아버지의 바다는 쓸쓸했다. 아니 아버지는 마음의 욕심을 채우지 못해서 쓸쓸했다. 아버지의 눈에 그 넓은 바다는 바닷물만 채워놨을 뿐 그 무엇도 마음에 채워줄 수 있는 만큼 채워진 것이 하나도 없는 것 같았다. 함께 있는 어린 나에게는 아버지와는 달리 그 바다는 무궁무신한 보물창고처럼 가득하고도 많았다. 어느 때나 놀 거리가 있고 볼거리가 있고 즐길 거리가 있는 곳이 그 넓은 바다였다.

내가 보는 아버지의 바다에는 늘 배 한 척만 외로이 떠 있는 것 같은 느낌이었다. 어린 내가 아버지와 함께하고 있으면서도 느꼈던 것은 늘 그렇게 배 한 척이 망망대해에 있는 듯한 외로움을 담고 있었다. 어구가 널린 방파제에서 손을 바삐 움직이며 그물코를 뜨는 어부들은 눈에 보이지 않았고 그저 포구에 정박 되어 쉬고 있는 배 한 척만 물끄러미 바라보고 계시는 때가 많았다.

그래서인지 어부가 아닌 아버지는 그 넓은 바다에서 건져 올리는 고기들에 대하여는 잘 모르고 계셨고 포구에 줄지어 있는 배가 있어도 크기가 어떤 종류이며 무엇을 하는 선박인지를 전혀 모르고 계셨다.

아버지의 바다는 그저 바닷물로만 가득 찬 곳이면서 낚싯줄을 드리울 수 있는 쉼의 대상으로만, 소위 지금 말하는 '멍' 때리는 곳으로만 알고 계신 것 같았다.

때때로 옆집 어부 아저씨가 바다로 나갈라치면 총총 따라가서

선주인 아저씨의 뱃고물에 올라가서 좌우로 배를 흔들면서 놀든지 통통배 소리를 입으로 내고 선수에서 방방거리며 뛰든지 했었지만, 아버지는 그런 나를 말리지도 않으셨고 미소만 짓다가 터벅터벅 학교로 발길을 옮기셨다.

그렇다. 아버지는 섬마을의 분교로 있는 국민(초등)학교 선생님이셨다. 그래서 아이들에게 이것저것 가르쳐 주시는 것만 했었기에 바다의 자세한 것은 모르셨다. 시간 날 때마다 그저 낚싯대에 미끼를 물려서 던지면 고기를 잡는 것이랑, 어떤 날에 어디쯤 낚싯대를 던져야 고기가 잡히는지만 조금 알고 계셨다. 어린 나보다 바다의 많은 것을 가까이 접해보지 못하셨다. 그래서일까? 어린 나를 데리고 이곳저곳 다니시면서 바다와 친숙해질 기회인 낚시만을 마지못해 즐기셨던 것 같았다.

그중에서도 아버지는 낚시를 하여 잡은 고기를 얼렁뚱땅 잘라내어 소주 한 잔 아니면 막걸리 한 사발을 드시는 것이 유일한 낙이셨다. 커다란 고기 하나 잡아 놓고 해체도 제대로 하지 못하고 썰어 둔 대로 그냥 드시면서 넓은 바다를 바라보며 쓴 미소만 잔뜩 머금으셨고, 병째 소주를 하시다가는 특유의 '멍' 때리시며 바다를 바라보곤 하셨다. 그럴 때면 어린 나는 슬그머니 다른 갯바위나 방파제를 아버지의 알코올 냄새를 피해 이리저리 돌아다녔다.

아버지는 육지의 들판에서 생활하시다가 바다로 오셨고 친숙해지지 않는 아버지의 바다는 그래서 늘 쓸쓸했다. 한 잔의 술과 초점 잃은 눈으로 육지의 들판을 그리워하며 응시하시던 그 바다였기에 나는 어린 그 시절부터 아버지의 바다는 쓸쓸한 바다가 아니면 그리움의 바다라는 생각을 하는 것이라고만 알았다.

세월이 흘러 아버지가 세상을 떠났다. 지금의 나는 그때의 아버지 나이의 곱절을 지났다. 하지만 나의 뇌리에는 아버지의 그 쓸쓸한 바다는 남아 있지 않다. 내 유년의 추억 속에 있는 아버지의 바다와는 완전히 다른 바다를 나는 품고 있다.

전혀 외롭거나 쓸쓸하지 않고 밝고 야무지고 유연한 것으로 채워져 있다. 마치 무엇이든지 다 줄 것 같고, 위로해 주며 꿈을 불어넣으며, 넉넉한 마음을 주는 바다를 매번 그리워한다. 낚시를 좋아하지만 잘하지는 못해도 많은 관심도 있고 뭔가 바다를 아는 척하는 것이다. 바다에서 어린 시절을 지냈다는 이유만으로 아는 친구를 자랑하는 것처럼 친밀하다. 그래서 여행을 떠나면 꼭 바다를 찾는다. 친구를 찾고 고향을 찾듯이 넓고 푸른 그 바다에서 삶의 힐링을 채워가는 것이다.

나는 나의 아버지와는 다른 행복한 바다를 찾는다. 사계절 어느 때이건 바다는 포용력을 내게 가르쳐 주었고 외롭고 쓸쓸할 때 위로하는 방법을 알려주기도 했기에 시도 때도 없이 그 바다를 찾는 것이다. 하지만 때때로 떠오르는 아버지의 바다는 무엇 때문에 그리 쓸쓸했는지를 곰곰이 생각하게 된다. 바다를 바라보고 포구의 배를 보고, 그 포구에 머물러 바람에 나부끼는 선기(船旗)를 바라봐도, 높이 날고 있는 갈매기들을 보아도 아버지의 바다의 쓸쓸함은 도통 알 수가 없다.

나는 아버지와는 달리 아이들에게 나의 바다를 알려주지 않는다. 더군다나 나의 아버지의 바다도 알려 주지 않는다. 오직 내 안의 내가 알고 있는 바다를 알려 준다. 그래서 아이들은 바다를 꿈을 가진 바다나 낭만의 바다로 기억하기를 바란다.

먹을 수 있는 것을 얻는 것보다 내놓아서 무엇이든지 받아들이는 바다를 알려준다. 셀 수 없이 많은 더러움도 이 바다에 들어가면 어느 순간에는 사라지고 마는 것처럼, 외롭지 않고 쓸쓸하지 않은 바다가 있다고 그렇게 이야기한다. 그리고 함께 일출도 보고 석양도 바다에서 함께 한다. 그 큰 태양을 뱉고 삼키는 바다를, 그 뜨겁고 뜨거운 해를 삼키는 바다를 꼭 보라고 한다. 내가 아이들에게 남겨 줄 아버지의 바다는 폭풍우 속에서도 잠잠함을 가르쳐주고 밤바다에 뜬 별자리를 통해 길을 알려 주는, 구름마저도 화가의 화폭처럼 만들어 주는 바다를 알려 준다.

아버지의 바다는 내 유년의 기억 속에 만들어 준 것이 외롭고 쓸쓸하고 보잘것없는 것이었지만 나는 아버지의 그 바다에 행복과 꿈을 담은 기억을 남긴다. 오늘 바다를 잠깐 만나봐야겠다. 거기 또다른 무엇이 있는지 자꾸만 궁금해진다. 아이들과 함께 겁나도록 흰 파도가 일렁이는 바다로 가 봐야겠다.

프로필

- 부산 출생
- 1998년 솟대문학 시 부문 추천완료로 등단
- 2001년 솟대문학 수필 부문 추천 완료
- 한국장애인문인협회원
- 중앙MB 세상에서 가장 따뜻한 이야기 최우수상
- 〈문학과신앙〉〈재림문학〉 총 30권 공동저자
- 재림문인협회 총무 부회장 역임
- 한국장애인복지대상 수상(2021)
- 현재 한국청각장애인협회 이사
- 세계재림정각장애인 한국협회장
- 시조사 출판 편집 기자

준비된 행운

조 봉 현

　아들은 10년 전부터 S전자에서 연구개발직으로 일하고 있다. 무선사업부에서 세계 최고의 스마트폰 개발에 참여하고 있다. 주위에선 다들 행운이라고 한다. 과연 그것이 행운일까?

　나는 2011년 10월 어느 날 행정안전부와 SBS방송의 공동 주관으로 그해 전국 최고의 민원공무원을 뽑는 제15회 민원봉사대상 시상식에 서게 되었다. 본상 수상자가 10명이고, 대상 수상자가 1명이었는데 거기에서 대상의 영예를 차지했다. SBS-TV에서 1시간이나 시상식 실황을 방송하였고, 국내 수많은 언론매체로부터 스포트라이트를 받았다.

　공교롭게도 바로 그날, 나는 아들한테서 또 하나 최고의 선물을 받았다. 당시 대학교 4학년 1학기에 재학 중이던 아들이 S전자 최종합격 통지를 받게 된 것이다. 여름학기 졸업예정자라서 졸업을 거의 1년이나 남겨둔 상태에서 취업에 성공했으니 기쁨은 더욱 컸다. 3학년 2학기 차에 이미 필기시험에 합격한 터다. 그 이후 종합면접과 인턴과정, 그리고 임원면접 등 6개월 이상 이어지는 여러 가지 관문을 차례차례 통과했다. 그리고 절묘하게도 아빠가 큰 상을 받고 영광스러워하던 그 날, 그 기쁜 소식을 전해왔다. 아들은 나의 시상식 현장에 같이 있었고, TV뉴스와 실황방송 화면에도 함께 모습을 나타냈다.

아들은 중학시절에 이런 꿈을 밝혔다.

"저는 장래에 S전자 연구실 같은데서 밤새워 연구하는 일을 해 봤으면 좋겠어요."

그리고 대학입시 공부를 할 때도 SAAT라고 하는 그 회사 입사시험 예상문제지를 참고하기도 했다. 그러니 행운이라기보다는 아들이 오랫동안 꿈을 갖고 꾸준히 준비해온 노력이 더 큰 힘을 발휘하였으리라. 아들이 대학에 진학하던 시기, 이공계 기피현상이 국가적 염려와 사회적 이슈가 되기도 하였다. 그런데 외고에 다니던 아들은 학교 자체가 인문계 학교임에도 불구하고 공대 컴퓨터공학과로 진학을 하였다. 아들이 진학한 대학은 서울에서 상위권은 아니었지만 전자와 컴퓨터공학 분야에서는 나름대로 알아주는 대학이었다. 나는 내심으로 더 좋은 대학의 인문계열 진학을 희망했다.

그러나 아들은 과학기술이 국가와 사회발전에 더 필요한 것이라고 하면서 공대를 가야 한다고 했다. 국가사회발전론까지 거창하게 말하는 아들의 열정은 아빠의 현실론보다 훨씬 의미가 있었다. 지금에 와서 생각해볼 때 현실적으로도 아들의 선택이 더 탁월하였다. 아들은 고등학교 진학 때도 스스로 외고를 희망했다. 우려하는 말을 아들에게 했다.

"나중에 대학 진학시 내신에서 훨씬 불리하다고 하는데 좀 더 신중하게 생각해보자."

"내신은 학교 석차가 나쁠 때 불리한 것이지, 외고에서도 상위권을 유지해버리면 문제가 없지 않나요?"

당찬 발언이었다. 그 시절 어느 특목고에서 대학입시에 내신이 불리해지자 학생들이 집단으로 자퇴하는 사태까지 벌어진 적이 있었다. 따라서 나의 걱정도 무리는 아니었다.

하지만 아들은 혼자서 과감하게 부모의 생각과는 달리 외고 입시원서를 냈다. 그리고 지방 외고에서는 최고의 명문이라 할 수 있는 B외고에 합격했다. 그런데 합격만으로도 고마울 텐데 장학생까지 되었다.

그러나 장학생이라는 영광은 1년으로 만족해야 했다. 2~3학년 땐 방황에 빠져 부모한테도 많은 걱정거리를 안겨주었다.

외고답게 전공어와 영어, 제2외국어 등 3가지 외국어 과목이 시간표의 절반을 차지하고 인문계과목 시간도 일반학교보다 훨씬 적었다. 더구나 이과 과목은 아예 없어 이공계 진학을 위한 공부는 별도로 해야 하는 상황에서 공부가 너무 힘들었는지 중요한 시기에 방황의 시간은 길었고, 부자간의 다툼도 잦아졌다. 붙잡고 울면서 호소를 해도, 매를 들어도 마음을 잡지 못했다. 대입 학력고사가 한 달밖에 남지 않았는데도 토요일에 하교하면 책가방을 던져버리고 집을 나가 친구들과 놀다가 일요일 저녁에야 들어오곤 했다.

아내는 고교 입학식장에서 울었고, 졸업식장에서도 울었다. 입학식장에서는 명문고의 장학생이 된 장한 아들을 본 기쁨의 눈물이었다. 반면에 졸업식장에서는 방황에서 빠져나오지 못해 최하위권 성적표를 받은 아들을 보고 참담해서 울었다. 친구들이 대부분 명문대에 진학하거나 유학을 가는 상황에서 아들의 눈높이는 낮아

질 수밖에 없었다. 아들은 대학에 진학한 후에도 한동안 방황이 이어졌다. 대학교에서는 학사경고까지 받았다. 부모의 힘든 시간도 이어졌다.

나는 군대에서 돌파구를 찾고자 했다. 나는 아들이 1학년을 마치기도 전에 아들을 대신하여 강제로 입대원서를 냈고, 군대로 쫓아보냈다. 최대한 빨리 보낼 수 있는 곳이 공군이었다. 입대할 때도 나는 집에서 먼 곳으로 배치되어 고생도 좀 하고 자신만을 돌이켜보는 시간이 많아지기를 바랐다.

그러나 아들은 훈련소에서도 여가 시간에 자원봉사를 하고 사격훈련에서도 최고점을 받는 등 여러 가지 노력으로 우수자원으로 뽑혔다. 그 결과 경쟁률이 가장 높다는 김해 공수비행단으로 배치되었다. 하필이면 집에서 가장 가까운 곳에 배치되어 나를 좀 실망(?)시켰다. 그때 내 가족은 부산에서 살고 있었다.

공군에서 육군보다 2개월이나 더 긴 26개월을 복무한 아들은 새로운 사람이 되어 무사히 제대를 하고 복학하였다. 복학을 하고 나서 첫 학기를 장학생으로 마쳤다. 군대가기 전에 학사경고를 받았던 사람이 복학을 하자마자 장학생이 된 것이다. 아들의 군대생활이 쉬운 기간은 아니었겠지만 무엇보다도 철이 들고 사람이 되어 온 것에 나는 감사했다.

그리고 3학년 2학기 때에 국내 최고 기업의 필기시험에 합격하였다. 아들이 서울에서 면접 준비를 하던 어느 날 나에게 몇 가지 사진을 좀 보내달라고 하였다. 이유를 물으니 대답이 감동이었다.

"면접에서 프리젠테이션으로 자기소개와 비전을 발표하면서 가장 존경하는 사람을 소개해야 하는데 저는 아빠를 모델로 선택하였습니다."

"국내 최고기업에 면접하는데 왜 하필이면 평범한 공무원인 아빠를 소개하려 하느냐? 이 세상에는 아빠보다 훌륭한 사람들이 얼마나 많은데...좀 더 신중하게 생각해 봐라."

"몸이 불편함에도 평생을 자원봉사활동에 앞장서 왔고, 직장에서도 항상 창의적인 자세를 일하면서 아이디어뱅크라는 별명을 갖고 있는 아빠가 가장 존경스럽습니다."

아들의 말을 듣고 나서 난 한참이나 내 인생을 되돌아보았다. 평범한 공무원이던 내 지위가 아들에게 무슨 감동을 주었을까? 아들의 방황기에는 항상 대립하면서 꾸중만 해왔고, 아들의 어린 시절부터 나는 가정보다는 오로지 직장업무와 봉사활동에만 몰두해왔는데... "창조적 사고와 실천하는 양심"이라는 좌우명으로 좀 더 값지게 살아보려고 노력해 왔던 내 인생을 이해해준 아들. 아빠를 모델로 선택하는 데는 다시 생각해보라고 만류하였지만 내심으로는 아들에게 한없는 고마움을 느끼고 있었다. 아들의 초등학생 시절, 아들의 교육과 관련한 나의 두 가지 행동이 지금 아들의 취업에 조금이라도 영향을 주지 않았을까 하고 생각해 보았다.

아들이 일찌감치 취업에 성공하자 주변에서 비결을 자주 물었다. 아들의 대답은 이거였다.

"남들보다 한자를 많이 알고, 신문 칼럼을 많이 읽었던 것이 도움이 된 것 같아요."

아들이 초등학교 다닐 때 학교공부에 대해서는 가급적 선행학습이 되지 않도록 학교 수업진도에 충실하도록 했다. 너무 등수에 집착하다 보면 학교 공부 이외의 지식습득에 소홀해질 수 있을 것을 염려했다.

학교 수업과 관계없는 영어는 1학년 때부터 엄마의 뒷바라지로 꾸준히 시켰다. 그 외 특별히 내가 직접 아들에게 해 준 것은 두 가지가 있었다. 한자공부와 신문읽기였다. 한자공부의 효과를 높이기 위해 국어책이나 사회책 등 한자어 빈도가 높은 과목의 교과서에 나오는 한자어를 모두 컴퓨터에 한자로 입력하여 라벨지에 출력, 교과서의 해당 단어마다 글자 위에 붙여버렸다. 그러니 한자를 모르면 교과서를 읽을 수 없도록 만들어놓은 것이다. 따라서 한자만 별도로 몇 번씩 쓰고 외우는 것보다는 자연스럽게 한글과 같이 이해를 하게 되었다. 그리고 이와 더불어 어린이 신문을 자주 읽도록 하였다.

1960년대 남해안 시골 깡촌에서 가난하게 자란 나의 어린 시절에는 학교 교과서 외에 읽을거리가 거의 없었다. 그러나 아버지께서는 나에게 어린이 신문을 정기구독 하도록 했다. 마을에 일반신문 구독자도 귀했던 시절이다. 나는 이 어린이 신문을 읽으면서 세상을 이해하고 꿈을 키웠다. 그리고 30년이 지난 1990년대, 나도 아들에게 어린이 신문을 읽게 했다.

한자 공부와 신문읽기가 초등 시절 6년간 꾸준히 이어진 것은 아니었지만 아들은 그때의 영향을 많이 받은 것 같다. 대학 시절에도 또래의 다른 친구들보다는 한자 지식이 많았고, 신문을 즐겨 읽는 것은 사실이다. 아들의 고교 시절에 나는 가끔 인터넷에서 영문판 신문칼럼을 정리하여 아들의 책상 위에 올려놓곤 하였다. 대학 시절에는 학교에를 가도, 친구를 만나도, 항상 신문을 끼고 다녔다. 그 모습에 친구들이 신문쟁이라는 별명을 붙여줄 정도가 되었다. 필기시험을 볼 때도 외고출신으로서 기본적인 영어와 함께 풍부한 한자 지식과 시사 문제가 도움이 되었지만, 면접 과정에서도 가장 큰 도움이 되었다는 것이다. 면접보기 불과 며칠 전에 유심히 읽었던 신문칼럼의 내용이 면접문제로 나왔던 것이다. 아들은 자신 있게 대답했고 면접관의 만족해하는 표정을 보고 합격을 자신하게 되었다. 행운도 항상 꾸준한 준비와 함께 찾아 온다는 진리를 확실히 체험한 것이다.

입사면접에서도 가장 존경하는 인물로 아빠를 선택하려 했던 고마운 아들이다. 학창시절 어려운 역경도 많았지만 무사히 극복하고, 아빠보다 더 뛰어난 예지력으로 장래를 개척해 왔다. 이제는 최고의 회사에서 최고의 제품을 만들기 위해 어린 시절부터 꾸어왔던 꿈을 펼치고 있다. 현재 S전자에서 책임(과장급)이라는 직책으로 근무하고 있는 아들이다.

나는 3년 전에 40년의 공직생활을 정년퇴직하고, 이제는 세무사 및 장애인 권익활동가로 제2의 인생을 살고 있다. 결혼한 아들은 요즘 거의 주말마다 며느리와 함께 손주들을 데리고 찾아와준다. 아들보다 며느리가 더욱 기특하다. 아들은 나에게 영향을 받았고 나는 아들에게서 효도를 받고 있으니 이것이야말로 준비된 행운이 아니고 무엇이겠는가.

☙ 프로필

- 세무사(광교세무법인)
- 저널리스트(소셜포커스 논설위원)
- 경기도장애인편의시설설치도민촉진단 명예단장
- 사단법인 한국장애인총연맹 감사
- 근정훈장, 대통령 표창(2회), 사회공헌대상 등 수상

강만수 고정욱 김순호
준호 오만환 강만수 고
수 고정욱 김준호 오만
오만환 강만수 고정욱
정욱 김준호 오만환 강
환 강만수 고정욱 김준
김준호 오만환 강만수
만수 고정욱 김준호 오
호 오만환 강만수 고정
고정욱 김준호 오만환
만환 강만수 고정욱 김
욱 김준호 오만환 강만
강만수 고정욱 김준호

초대 문인

강만수

고정욱

김준호

오만환

어떤 賢者

강 만 수

그 집 정오엔 햇살이 없고 뭔가 알 것 같은 라디오도 없다
부엌엔 할머니와 무엇이라고 자기 생각을 말해야 할지 모르는
사내아이 웃음소리

으으 응 계집아이 울음소리도 없다

거실 소파엔 문예춘추 잡지와 변할 것 같지 않은 한비자(韓非子)
가 놓여 있고
이마가 툭 튀어나온 젊어 늙은 여자의 긴 머리카락과

남자의 큰 대가리와 굵고 억센 팔다리는 보이지 않는다

손가락이 쪼글쪼글한 여자가 번갈아 끼고 다니던 은반지와 금반
지
사내가 생필품을 구하기 위해 밖으로 일하러 나갈 때 신고 다니
던 낡은 구두도

옷가게가 열여섯 혹은 열다섯 개인지 확실치 않은 골목에서 이
상한 말처럼 들릴지도 모르겠지만

공중전화 부스 안에서 막대사탕을 빨면서 막연하게 뒷걸음치듯
동전도 없이 전화를 걸겠다는 아이들과
　수줍은 미소 백합과 장미와 원추리 그리고 완벽한 질서처럼 느
껴지는 한 방울 눈물 앞에서

　어제 없었고 오늘도 없었으며 명확하지 않고 불명확한 사실들로
인해 미래 또한 없다
　광장에서 223일째 농성 중인 언제나 잃기만 했다고 주장하는 따
분한 사람들을 길 건너편에서 주시하다

　총 55편으로 구성 돼 전해지고 있는 현학(顯學)과 오두(五蠹) 정
법(定法)
　난세(亂世) 궤사(詭使) 육반(六反) 문변(問辯) 심정(心政) 난일
(難一)
　혓바닥을 내밀며 없다 법가사상은 없음 비난을 받을 땐 받더라
도 과감히 이 순간은 없다고 쓴다

헌터

물에서 사는 잉어 붕어 쏘가리 꽁치 병어를 물속에 잠수해 작살
로 찔렀다
　늘 푸르지만은 않은 강과 거친 바다에 사는 맹목적인 물고기들
　얕은 물 깊은 물 가리지 않고 그들 모두를 건초더미 쑤시듯 눈에
띄는 대로 마구 진초록 수초 사이로

　잉어 가슴지느러미를 향해 꼭 잡겠다는 생각으로 치명적인 작살
을 던졌다
　황쏘가리 아가미 붕어 꼬리지느러미 꽁치와 광어 의뭉스런 고등
어 등지느러미
　채소 한줌과 같은 연한 풀빛 냄새 밴 은빛갈치 눈알과 병어 배지
느러미도 푹 깊이

　바위 산 아래에서 부족장에게 한 굳은 맹세처럼 대나무 작살로
짓찌르다
　날카롭고 긴 사지창 어차(魚杈)를 던졌다
　잠깐 동안 부딪치게 되는 잉어와 붕어 쏘가리 꽁치와 광어 갈치
병어 고등어
　다양한 어종들을 마주치는 족족 작살을 손에 들고

옆에서 빠르게 찌르고 뒤에서 또 찌른 뒤 풋풋거리며 물고기들을 꿰었다

어디선가 내게 들이찔린 물고기들이 강렬한 눈빛으로 나를 째려보고 있다

민물과 짠물을 가리지 않고 나 자신이 오랜 시간 작살을 던지고 찔렀던

수많은 물고기 검정 눈알과 거부할 수 없을 정도로 빛을 발하던 매력적인 푸른 눈알들

나는 오늘 물고기들 움직임에 관해 꼼꼼히 썼다

징살맞다고 해야 하나 눈빛을 꿰뚫듯 배설을 하고 나니 개운하다고 아니 섭섭하다

다음엔 내가 죽인 날카로운 물고기 수많은 이빨에 관해 참없이 쓸 것이다

골방에 처박혀 겸손한 마음으로

너도 모르고 그도 그들 모두가 모르며 나만 알고 있는 섬뜩한 물고기 이빨에 대해

물론 독창적인 양념이 가미된 이야기꾼 이빨로 물어뜯으려고 해

詩王

철갑기병과 창병 궁수로 편제 돼 갑자기 쳐들어온 文國 군대에게 제 1차 言語 전쟁에서

詩國은 불의의 일격을 당해 제대로 된 공격 한 번 하지 못한 채 허겁지겁 방어에 급급하다

詩王 휘하 군대가 병사들과 말 시체 수많은 병장기를 강변과 산야에 무수히 내던져 놓고

하룻밤 사이에 혼비백산 삼백리 밖으로 내쫓긴 그믐밤 文山 馬嶺 전투에서

小說 장군과 散文 장군이 그곳에서 전사하고 말 고개에서 십만 병력이 목숨을 잃은 뒤

王은 臥薪嘗膽 모든 국가운영을 빠르게 전시편제로 전환 설욕을 위한 준비를 칠년간 은밀히 마쳤다

심복인 文章 대장군에게 총지휘를 맡기고 선봉장으로 詩 장군 그 뒤를 이어 時調 장군을

내보내 文國에게 빼앗긴 말들을 되찾고 치욕을 씻기 위해

그 장졸들과 백성들이 모두 쉬는 명절에 일만 기병부대로 동과 서에서 불시에 쳐들어갔다

선봉인 詩 장군이 말 위에서 연거푸 쏜 화살에 맞아 적장인 隨筆
과 文體가 그 자리에서 즉사했고

여세를 몰아 파죽지세로 제8성문을 깨고 들어가 수문장인 童詩
를 베고 왕성을 지키는 文體心 휘하
삼만여 군사를 일순간에 제압 무릎을 꿇린 뒤 온갖 진귀한 보물
들을 취했으며
文王과 왕비 공주와 왕자 대신들과 궁녀를 포함 칠만 사천여 명
을 포박해 자신의 수도인 詩城으로 끌고 가
노비로 삼아 평생 동안 사육장에서 말똥과 돼지 똥 치우는 일을
시켰다

제 2차 言語 전쟁에서 뛰어난 전략수립과 전술운용이랄 수 있는
누구도 예상치 못한 가파른 산과 깊은 강을 은밀히 건너
달빛이 없는 그믐에 과감한 선제공격으로 자신의 말들을 詩王이
되찾아 옴으로 인해
강력한 왕권 아래 그가 예전의 권위를 되찾을 수 있었음은 물론
다시는 주변국에게 침략을 당하지 않게끔
1차 개혁인 詩法으로 법률반포와 호적편성 100만 양병과 연좌제

폐지 경죄중벌 원칙으로 개혁을 단행했다

또한 詩國 백성들을 꾸준히 詩語로 교육을 시켜 시를 읊지 못하는 이가 없도록 詩心을 키우는데 힘을 썼고
가을 수확 철이면 쳐들어오는 야만족들은 강력한 군사력으로 정벌 우환을 없앴으며 먼 나라와는 교역을 통해 화친했다

그 후 2차 詩法을 통해 전국을 40개 군과 현으로 나눠 중앙의 명령이 지방 관료조직에 잘 전달 되게 통치를 했으며
토지개혁과 문자와 화폐 및 도량형을 통일시켜 유통케 해 원만한 경제행위가 이뤄지게 했다
그런 연유로 시장친화적인 정책이 펼쳐져 백성들 생활에 윤기가 돌았으며 사방 일만 리 안에 굶주리는 이가 없었다
하지만 法에 따르지 않는 자는 사소한 범죄라고 해도 가볍게 보지 않고 엄히 책임을 물어 倫紀를 세웠다

자신의 몸을 돌보지 않고 대의를 위하여 사사로움을 구하지 않는 강한 개혁으로 인해 일부 귀족층의 반발을 사기도 했지만
그가 시행한 법들은 백성들에게 빠르게 자리를 잡고 사회가 안정 되었으며 국부가 창출 되었다

또한 詩를 하루에 한두 편씩 전 국민이 반드시 쓰고 읽게끔 통치
이념으로 내세운 詩王의 과감한 쇄신 아래

詩 民 正 英 사대에 걸쳐 14국 봉일을 위한 문예부흥의 틀을 마련

그가 시작한 개변은 그 사후 후대까지 꾸준히 이어져 詩國은 天
下詩業을 성취한 나라로 성장할 수 있었으며

마지막 임금인 구종까지 26대 500년을 존속할 수 있었다

肉用池

여섯 마리 용이 살았다는 六龍池에
세 칸 낚싯대 칠월 땡볕 아래 드리워 놨건만

점심 매운탕용 물고기 한 마리 잡히지 않는

괴괴한 수면 위 빨간 찌를 바라보다

저 건너편에 앉아 낚대 드리운 새파란 조끼 걸친 낚시꾼

肥厚한 목 과감히 쳐낸 뒤 팔뚝과 몸통에 고추장 듬뿍 발라
불판에 두툼한 돼지고기 삼겹살 열두 근 올려 자글자글 구워 씹듯

그늘이 매우 깊은 300년 된 느티나무 서늘한 가지 아래 퍼질러
앉아
막걸리와 소주 안주로 人肉갈비를 뜯으면 어떨까 생각했다

봄날 천변에서 장작불에 끄슬려 껍질을 벗겼던 뒷동네 황구처럼

공복에 인경을 침도 안 바르고 삼킬 것 같아
일순간 妄念이 쌩하니 들어왔다 나갔다

은밀함에 대해

내 안에 든 빨강 장미
네 눈 속에서 또 다른 파랑 장미는 녹슬었다

내 가슴속에서 벌겋게 핀
빨강 장미는 네 눈 안에서 파랗게 파랑으로 빛이 변했다

빨강빨강빨강빨강이 빨강 날개 나비로 팔랑팔랑
파랑파랑파랑으로 한 마리 빨갛고 파란 도마뱀처럼

노랑노랑노랑노랑이 노랑 털 앞집 개에서
검정검정검정으로 한 마리 거무스름한 털이 북실북실한 검정개
처럼

빨강으로 꽃을 피우지도 못하고
파랑으로 꽃을 피우지도 못한
노랑으로 꽃을 피우지도 못하고
검정으로 꽃을 피우지도 못한

빨강파랑노랑검정 장미는 네 눈 속에서 어느 날 시들었다
내 가슴속에서 찬란하게 피지도 못한 채

빨강 장미와 나비는 늙은 꽃이다
눈곱 낀 노랑 개와 검정 개는 호흡을 거칠게 헐떡이고

장미와 노란 개 두 마리와 검정 개 네 마리는 여자의 눈동자와
내 가슴이 키운 비애다

빨강하고 불러보자 검붉은 빨강을
파랑 노랑 검정하고 부른다 오늘도 그것들을 힘껏 목이 터지도록

격렬하게 총천연색을 겸손하게 부른다

도플갱어

그림자를 끌고 가는 개

그림자에 질질 끌려가는 늙은이

그림자를 들녘에 던져 놓고
날아가는 새

그림자를 땅 위에 박아 놓고 선
느티나무

그림자는 누군가 엎지른 진한 먹물이다

마트食生

닷새 전 아침에는 꿈나라 마트에서 컵라면
점심에는 달나라 마트에서 컵우동
저녁에는 별나라 마트에서 신라면
나흘 전 아침에는 해나라 마트에서 인도카레
점심에는 닭나라 마트에서 김치면
저녁에는 말나라 마트에서 마파면
사흘 전 아침에는 소나라 마트에서 쌀떡국
점심에는 새나라 마트에서 비빔면
저녁에는 개나라 마트에서 얼큰면
이틀 전 아침에는 명왕성 마트에서 삼각김밥
점심에는 금성 마트에서 훈제계란
저녁에는 프란치스코 마트에서 미역국밥
오늘 아침에는 동인천마트에서 오뚜기컵밥
점심에는 부산진마트에서 육개장국밥
저녁에는 서대구마트에서 강된장비빔밤
팬데믹 사태와 우크라이나 전쟁으로 인한
물가폭등 등 가파른 금리인상으로 인해
평소 즐겨 먹었던 칼국수와 냉면을 비롯한
여러 음식들이 가파르게 인상되는 시대가 됐다
그런 연유로 T는 장거리 출장시
며칠씩 마트에서 끼니를 해결한다

다른 뜻은 없다

나를 웃게 만드는 우물 앞에 서서 회양목 잎 잎을 그렸다
그 잎 잎도 나를 바라본 뒤 웃는 것 같았지만 웃는 걸까
나를 웃게 만드는 해태 앞에 서서 등나무 잎 잎을 그렸다
그 잎 잎도 나를 바라본 뒤 웃는 것 같았지만 웃는 것인지
나를 웃게 만드는 덕수궁 앞에 서서 능소화 잎 잎을 그렸다
그 잎 잎도 나를 바라본 뒤 웃는 것 같았지만 웃는 걸까
나를 웃게 만드는 경회루 앞에 서서 불두화 잎 잎을 그렸다
그 잎 잎도 나를 바라본 뒤 웃는 것 같았지만 웃는 것인지
누가 만든 잎이고 나무인지 누군가 만든 이가 분명 있겠지
연녹색과 녹색 진초록을 오고 가면서 잎 잎 잎 사이 나무들
웃는 건지 계속 웃는 모습으로 서 있을 건지 잘 모르겠기에
오전 5시에서 7시 8시 9시 10시 12시를 지나 나비가 날고
수십 마리 새들이 하늘 위로 날아오를 때 나무들은 하하하
나를 가끔 슬픔에 빠지게도 하지만 그 자리에 선 채 웃는다
그래 나는 회양목과 등나무 능소화 불두화 나무를 바라보며
나를 웃게 만드는 잎 잎 잎 잎을 향해 흔들리지 않고 웃는다

어느 봄날 無籬居士와 함께

오전 이른 시간에 鎭川 吳處士에게 전화가 왔다
바로 받지 못하고
샤워실에서 나와 통화를 했다.
금일 12시에 있을 우기 아들 결혼식에 꼭 참석하려고 했으나
노모 봉양과 팬데믹 사태로 인해 참석이 어렵다고 말했다.
너무 걱정하지 말라고 말한 뒤
형이 겪고 있는 어려움에 대해 잘 전하겠다고 했다.
거실 장롱에서 먼지 낀 양복을 꺼내
베란다로 나가 툭툭 털어 걸친 뒤
흰 와이셔츠에 초록색 별 무늬 넥타이를 맸다.
딸이 사준 평소 아끼는 넥타이다.
여느 때와 다름없이 집필실에 나와
청탁 원고 마무리를 하려고
머리를 쥐어짜며 자판을 재게 놀렸지만 마감하지 못한 채.
창동 무이거사에게 약속시간보다
조금 일찍 예식장으로 출발하자고 했다.
아무래도 많은 사람들이 모이는 곳이다보니
혼주와 잠시 잠깐이라도 시간을 갖기 위해서는
다른 축하객들보다 먼저 참석해야 할 것 같았다.
출발하면서 차창 밖 풍경을 바라보니 온통 꽃이다.

개나리 진달래 목련 수수꽃다리 등 등 수많은 꽃들이
내 눈에 들어와 마구 꽂힌다.
빛이다 찬란한 빛들이 천지시방으로 흩어진다
天空에서 빛 화살을 마구 무차별적으로 쏘고 있다.
순간 우리들 마음자리에도 빛이 천천히 스며들어
어둑신한 공간에 불을 확 밝히는 것 같았다.
화계사에서 출발 15분 뒤 그곳에 도착 거사와 함께.
다시 수유리 방향으로 되돌아와
타이어 가게 삼흥연립 옆 다리와 언덕길을 넘어
솔샘 터널과 물빛이 곱게 반짝이는
정릉천 주변 낡삭은 집들을 스치듯 바라보며.
이곳에서 어린 시절 오랜 시간을 보낸
그곳은 돌아가신 어머니와 많은 추억이 배어 있다는
물기 젖은 형의 말에 귀를 기울이면서
조선 태조 4년에 무학대사가 창건한 유서 깊은 奉國寺를 지나
구불구불 길에서 길로 길게 이어진 길을 휘돌아.
성북동 가파른 언덕길에 오르니 성벽처럼 늘어선 외교가 길 앞.
법정 스님과 백석 시인 자야 여사와 인연이 깃든 길상사가 환하다
10여분 뒤 성균 웨딩홀에 도착 그곳 주차장에 차를 주차한 뒤
천천히 걸어서 예식장에 들어가려다

500여년 동안 이어져 수많은 인재를 길러내고 있는 자리에 서서.
임금이 親臨해 과거를 시행한 <u>丕闡堂</u>을 바로 지나치지 못한 채
그 자리에서 뿜어져 나오는 듯한 진한 먹향에 취해
오래 전 국가 백년대계를 고민한 선비들과 교감한 뒤.
1층 로비에서 붉은 보타이를 매고 하객들을 반갑게 맞고 있는
이마가 훤한 우기와 아름다운 그의 아내를 무이와 함께 만났다.
그 자리에서 방명록에 서명을 했다.
거사가 내 이름까지도 대신 기록을 남겼다.
햇살이 쨍쨍 쨍 돌계단에 부딪혀 소리를 낼 것 같은 11시쯤이었고.
그동안 뵙지 못한 여러분들을 반갑게 만나 인사를 나누었다.
古雅한 정취가 느껴지는 건물 3층에서 예식은 진행되었고
주례를 본 목사님께서는 인생을 살아가는 젊은 커플에게
여러 좋은 말을 하셨으며 또한 기억에 남는 생생한 말씀은
하객들 앞에서 스스럼없이 사랑에 관한 시를 낭송한 순간이다.

그대가 나를 사랑해야 한다면
오로지 사랑을 위해서만 사랑해주세요
그리고 부디 미소 때문에, 미모 때문에, 부드러운 말씨 때문에,
그리고 또 내 생각과 잘 어울리는 재치 있는 생각 때문에,
그래서 그런 연유로 내게 기쁨을 주었기 때문에

그 여인을 사랑한다고는 정말 말하지 마세요
임이여! 사실 이러한 것들은 그 자체가 변하거나
당신을 위하여 변하기도 합니다.
그러기에 그렇게 이루어진 사랑은
또 그렇게 잃어버리기도 하는 것입니다
　　　　　　　(로버트 브라우닝, 그대가 나를 사랑해야 한다면)

어떤 그 무엇 때문에 사랑하는 것이 아닌
무조건 당신을 사랑하는 까닭에
조건없이 사랑을 해야만 한다는 시였다
지금 다시 들어도 가슴을 찡하게 울리는 내용이다.
식장에 서 있는 신랑 모습을 바라보니 軒軒丈夫다
내 마음 역시 흡족한 마음에 입꼬리가 저절로 올라갔다.
아이들은 성장해 어른이 돼 이 사회 주역이 되고.
어른들은 늙어 자리를 내준다더니
주변 사람들이 벌써 하나 둘씩 세상을 떠나
식장에 참석해 앉아 있는 하객들을 바라보다.
와야 할 사람들이 오지 못한
특히 지난해 돌아가신 아버님 빈자리로 인해

마음에 싸한 바람이 휘이익 들이치는 것 같았다.
식장 중간 오른쪽 자리에서 만난 허가수는
뷔페식당으로 내려가 아침 겸 점심을 하려고 했지만
선배인 무이와 일면식이 없었던 까닭에
영택은 식장을 먼저 나가 건너편 카페에서 기다리고 있던
거사에게 함께 가 인사를 나눌 수 있었다
그는 결혼을 하지 않고 산다 50이 넘었지만 여전히 혼자다
영국 여왕은 자신이 다스리는 나라와 결혼을 했다고 하건만
그는 노래와 결혼을 한 것인가
앞으로도 누군가와 결혼보다는 노래를 택하겠다고 한다
결혼식장에서 혼인선서를 하지 않을 영택은
우기 아들인 준이 결혼을 축하하며
자신은 올가을에 지인들을 초대해 비혼식을
노래와 함께 하는 詩콘서트로 대신해
여러분들과 모이는 자리를 갖겠다고 한다
결혼식에 참석했지만 식사를 하지 못한
그가 근처 국밥집에서 아점을 하겠다고 하여
그곳을 나와 우리 둘만 차에 올랐다
애초엔 원주 이서책방을 찾기로 했지만 다음을 기약한 뒤
水落山에 은거 중인 정선비를 깜짝 방문하기로 했다

그와 오랜만에 會同 계곡 물 흐르는 소리 귀를 찌르는데
산중턱을 향해 느린 걸음으로 30분 정도 걸어 오르다보니
담소를 나눌 만한 넓은 바위가 있다
그 자리에 둘러앉아 이런저런 이야기를 나누다
저녁 시간이 다 되어 올랐던 산길을 터덜터덜 내려가다
천상병 공원 앞에 세워놓은 시비 앞에 멈춰섰다
20대 젊은 시절 혜화동 사거리 옆 두부집에서
막걸리를 함께 마셨던 그의 순박한 얼굴이 떠올라
울컥하는 마음에 그냥 지나칠 수 없었다
30여년 전 그는 세상을 떠났고
안주인인 목 여사도 남편을 따라갔지만
오늘 천상병 시인을 이 자리에서 다시 만나고보니
감회가 새롭다고 할까
살아남은 자의 슬픔이랄까 삶의 무게가
으으음 무겁다는 느낌을 지울 수가 없다
우리 셋은 번갈아 그의 시를 낭송했다
무이는 그가 남긴 대표작이라고 생각되는 歸天을 읊었다

나 하늘로 돌아가리라
새벽빛 와 닿으면 스러지는

이슬 더불어 손에 손을 잡고
나 하늘로 돌아가리라

노을빛 함께 단 둘이서
기슭에서 놀다가 손짓하면은
나 하늘로 돌아가리라
아름다운 이 세상 소풍 끝내는 날
가서
아름다웠다고 말하리라

(천상병, 歸天)

삶이란 시간은 참으로 빠르게 흘러가는 것 같다
시간과 함께 주변 사람들도 저 개울물처럼 卒 卒 卒
아님 훅 먼지처럼 사라지는 걸까
시인은 천상으로 자리를 옮겨 잘 지내시는지
먼저가 자리를 잡은 친구들을 불러모아
평소 좋아한 막걸리를 허름한 주점에 앉아
변함없이 벌컥벌컥 마실 거라고 어림짐작하지만
그에게 오랜만에 안부를 묻고 싶다

그곳에선 고통받지 않고 편하게 머무시길 빈다
이런저런 모든 시간들이 추억이 될 화창한 봄날에

프로필

- 1992년 월간『현대시』와 1996년 계간『문예중앙』에 작품을 발표
  하면서 문단에 나왔다.
- 한국시문학상(2013)을 받았으며. 바움문학상 작품상(2015). 계
  간 연인 특별작가상(2019)을 받았다.
- 현재『고려 문화』편집위원 및『휴먼 인 러브 재단』글로벌 콘
  텐츠 자문위원장과『문장아고라 해외문학회』회장으로 활동하
  고 있다. 저서로는『가난한 천사』(1993)『시공장공장장』(2010)
  『나는 보르헤스를 모른다』(2019) 디카 시집『시간 자동인출기』
  (2019) 외 20여 권이 있다.

내 아픔 내 사랑 프리다 칼로

고 정 욱

앞으로 인간의 수명은 어떻게 될까? 100세에서 120세를 산다고 들 말해. 요즘은 100세 산 노인이 신기하게 여겨지지 않는 걸 보면 이는 분명 가능한 일이야. 의학의 발달로 150세도 문제없을 거라고 해. 그렇게 되려면 조건이 있지. 온몸의 장기를 수명이 다 되면 수시로 갈아줘야 돼. 심장은 물론이고 팔 다리까지도 바꿀 수 있다는 거지. 하지만 그런 장기도 자동으로 기계처럼 바뀌는 건 아니야. 수술을 해야 하고 오랜 기간 회복을 위해 재활훈련을 해야 하지. 그렇게 해서라도 120세를 살 수 있다면 살겠다는 사람이 있을까?

오래 살지도 못하면서 고통과 아픔을 평생 안고 살아야만 한다면 사람들은 어떤 생각을 할까? 그렇게 사느니 죽는 게 낫다고 생각할 수도 있겠지. 하지만 늘 죽음이 코앞에 있는 삶이어서 무언가 이 세상에 보람 있는 일을 하고 싶지는 않을까? 그렇게 평생을 불꽃처럼 살다 간 사람이 있어. 바로 지금 소개하려는 프리다 칼로야.

장애를 가진 소녀

프리다 칼로는 인생의 상당 부분을 장애로 인해 병원에 입원했다 퇴원하기를 반복했어. 퇴원했다고 완치가 되었다거나 좋아졌다는 의미는 아니야. 프리다는 늘 고통을 느끼며 몸이 더 나빠지지 않기를 바라며 조심하면서 생활한 거지. 그림을 그려도 누워서 그려야 했고, 전시회에도 침대에 실려서 가야 할 정도였어. 바로 죽음의 공포와 고통이 그녀 삶의 원동력이라고 할 수 있지.

유복한 가정에서 태어난 프리다는 얼마 지나지 않아 첫 번째 불행을 만나게 돼. 여섯 살 때 소아마비에 걸리고 말았어. 위생이 완벽하게 정비되지 않았던 시절이라 프리다는 그 후유증으로 다리를 절게 되고 목발을 짚고 다니면서 어린 시절을 보냈어. 한쪽 다리가 가늘고 힘이 약해지니까 어쩔 수 없었지. 그것은 다른 말로 하면 이 사회의 차별과 편견을 경험했다는 뜻이야. 요즘처럼 장애인식개선 교육이 잘 이루어지지도 않던 시절이니까 철없는 친구들은 그런 프리다를 놀리거나 따돌렸어. 프리다는 그런 차별과 편견으로부터 강해지려고 무척 노력했어.

"나는 아무렇지 않은 척 할 거야."

강한 프리다는 그런 놀림을 애써 무시했지만 마음 속으로는 상처를 입고 있었어. 어디론가 멀리 자유롭게 날아가고 싶다는 생각을 그때부터 하게 되었지.

얻는 게 있으면 잃는 게 있는 법이야. 프리다는 집에 주로 머무르면서 사진사였던 아버지의 작업실에 자주 놀러 갔어. 그러면서 아버지가 사진을 수정하고 아름답게 만드는 걸 보면서 붓을 사용해서 자신의 자화상을 처음으로 그리게 돼. 이때부터 예술에 관심을 갖게 되면서 프리다는 그림과 책을 벗삼게 되었어. 장애로 인해 성격은 복잡해지고 따돌림과 차별을 당하며 소외된 삶이 무엇인지를 느꼈지. 아이들의 놀림을 이기기 위해 노력하던 프리다의 꿈은 의사였어. 아마 어려서부터 병원을 드나들며 본 의사들이 롤모델이 되었던 것 같아.

게다가 사회에 대한 불만과 장애인으로서의 차별과 편견을 접하면서 그녀는 무정부주의적인 성향으로 공산주의에 빠져 들었어.

예술과 독서를 좋아하다

사회로부터 차별받고 소외된 사람들이 피신할 곳은 책뿐이야. 프리다 역시 책을 좋아했고, 엄청나게 많은 독서량을 가지고 있었어. 항상 책을 손에 들고 다녔고 많이 읽었어. 이런 습관은 나중에 그가 화가가 되거나 사회활동을 하고 고통을 이겨내는 데에 크게 이바지해. 한 마디로 책이야말로 프리다의 영혼의 안식처인 셈이야.

이때 멕시코는 혁명의 혼란기였어. 반란에 반란이 거듭되고 정세가 격변을 일으키고 있었지. 1차, 2차 혁명을 거쳐 대통령이 된 오브레곤은 1917년 제정된 헌법에 따라 혁명의 이념을 널리 전파하고 멕시코의 문맹률를 낮추려 했어. 호세 바스콘셀로스를 교육부 장관으로 기용해서 교육개혁을 실시하게 돼. 변호사였던 바스콘셀로스는 유명 작가이기도 한데 농촌 학교 프로그램을 확대하고 학교 제도의 개혁을 주도했어. 서유럽 문명의 한계를 뛰어넘어 인디언들의 토착문화에 바탕을 두어서 멕시코인의 삶을 쌓아 올려야 한다는 생각을 갖고 있었어. 글자를 모르는 사람들에게 이념을 전파하려고 멕시코의 역사와 사회 변화를 그림으로 그려 벽화를 만들게 되지. 호세 클레멘테 오로스코, 디에고 리베라, 다비드 시케

이로스 등의 대가들이 이 작업을 하게 되었어.

이런 시절 국립예비학교에 1922년 입학한 프리다는 자매들 가운데 유일하게 공부에 소질이 있었어. 아버지가 그런 딸에게 투자를 한 거지. 이 학교는 멕시코의 명문학교로 역사도 오래되었고, 언어와 민족과 자유, 그리고 진보를 목표로 했어. 이런 분위기에서 프리다는 성장했어. 친구를 사귀었고 사랑도 알게 되었지.

청소년답게 친구들과 몰려다니며 토론도 하고 책도 읽고, 장난도 치며 자유로운 생활을 했어. 그도 그럴 것이 학교에 여학생은 별로 없었기 때문이야. 그때 혁명과 예술에 관심을 가졌던 프리다는 유명한 화가 디에고가 벽화 그리는 것에 관심을 가졌어. 그는 사다리를 놓고 거대한 벽화를 그리고 있었거든. 시간 날 때마다 가서 벽화 그리는 걸 보면서 프리다는 그만 위대한 예술품을 완성해 가는 디에고에게 반하고 말았지.

"난 디에고 리베라가 좋아. 그의 아이를 낳고 싶어."

친구들은 그런 프리다를 놀렸어. 디에도는 최고로 유명한 화가였는데 이미 36세였거든. 게다가 뚱뚱하고 못생긴 남자였지. 그가 벽화작업 하는 걸 가서 보며 프리다는 수없이 많은 그림에 대한 영감을 얻었어.

"벽화 그리는 거 구경해도 되요?"

당당하게 프리다는 물었고 허락을 받았어. 몇 시간이고 구경을 했지. 하지만 프리다가 그런다고 시간을 낭비하는 아이는 아니었어. 늘 시간 날 때마다 버스 타고 이동하며 책을 읽어 자신의 내면세계를 만들어 나갔어. 독서 수준도 높아졌고, 도서관에 틀어박혀 지식의 바다에서 헤엄치기도 즐겼다고.

불의의 교통사고

1925년 오후. 버스를 타고 가다가 그만 교통사고가 일어났어. 전차와 버스가 부딪친 거야. 이 사고로 그녀는 정신 잃고 버스 밖으로 튕겨져 나갔어. 온몸이 분해되는 것 같은 아픔을 느꼈지. 너무나 큰 고통에 그녀는 있는 힘을 다해 나의 비명을 지르고 소리를 질렀어. 피투성이가 된 그녀는 병원으로 입원했지만 사람들은 곧 죽는다고 했고 다시 걸을 수 없다고 했어. 죽음에 가장 가까이 다가갔던 순간은 그때였지. 척추가 세 조각이 났고, 쇄골과 갈비뼈가 부러졌어. 왼쪽 다리는 열한 군데가 부러졌으며 오른발은 탈구 되었고, 왼쪽 어깨는 관절이 빠졌지. 골반도 세 군데가 부러졌고 손잡이였던 쇠막대가 공교롭게도 질을 뚫고 나와 버렸어. 통증은 가라앉지 않았지. 사고 나기 전에 자전거를 타고 달리기도 하던 발랄한 프리다는 그 뒤 기적처럼 다시 일어났단다. 석 달이 지나자 지팡이를 짚고 멕시코시티를 돌아다닐 수 있을 정도가 되었어. 물론 막대한 비용이 지불되었어.

프리다는 그 많은 수술과 재활치료를 이겨냈어. 살고 싶었고, 살아 있기 때문이지. 이 사건으로 인해 육체적 고통을 겪었을 뿐만 아니라, 사랑하는 연인과도 헤어져야 했어. 그 결과 프리다는 이 사회 전체에 대해서, 자신의 기구한 운명에 대해서 분노하고 절망했지. 하지만 프리다는 강한 여인이었어. 어떻게든 살아야 했기 때문이야.

"오, 불쌍한 프리다! 바깥세상을 구경하지 못하는구나. 네 얼굴이라도 보렴."

엄마는 침대에 누워서 그림을 그릴 수 있는 장치를 만들어 주고 거울도 매달아 주었어. 연인이 떠나고 홀로 침대에 남은 프리다는 슬픔만이 가슴 속에 가득 찼지. 육체적인 고통과 함께 정신적인 아픔에 시달렸던 거야. 게다가 재활치료 과정은 너무나 고통스러웠어. 몸통에 깁스를 하고 목을 당기며 코르셋을 착용하고 침대에 누워 있어야만 했어.

하지만 이때 프리다는 자신의 내면세계에 집중했고, 새로운 사신을 탄생시키기 위해 애를 썼어. 한마디로 새롭게 태어난 것이지.

디에고에 대한 사랑

나중에 디에고를 찾아간 것은 프리다가 그동안 그렸던 그림을 보여주고 싶어서였어. 디에고는 프리다의 그림을 보면서 칭찬해 주지 않고 더 많이 그리라고만 했어. 그리고는 프리다가 처음에 강당에 그림을 보러 왔던 여학생이었다는 사실을 알게 되었지.

디에고와 프리다는 예술가로서의 공통점이 많았어. 풍부한 감성에 웃음을 좋아했으며 빈정거리는 성격을 가지고 있었지. 프리다는 그림을 더 많이 그렸지만 디에고를 스승이라고 여기진 않았어. 자신만의 그림 세계를 만들어 간 거야. 그러면서 두 사람은 사랑에 빠지게 되었어. 무엇보다도 그들은 공산주의 이념을 공통으로 가지고 있었어. 프리다는 디에고와 격식 없이 평상복을 입고 결혼을 했어.

디에고가 유명한 것은 이유가 있었어. 시간이 남을 때마다 학생들도 가르치고 쉼없이 작업을 했어. 아내가 된 프리다는 일중독자인 그를 바라보면서 끊임없이 다른 여자들에게 한눈파는 남편을 참아내야 한다는 숙명을 깨닫게 되었지. 게다가 첫 번째 유산을 하면서 여자로서 크나큰 슬픔을 맞았어. 결혼 생활을 통해 자신의 정체성을 깨달은 프리다는 멕시코 원주민 여성인 것처럼 옷을 입기 시작했어. 결국 그 복장은 오래도록 프리다의 시그니처 복장이 되었지. 의복이 바뀌면서 생각도 바뀌어 멕시코 원주민과 인디오의 삶을 상기시켰어. 그 옷을 통해 자부심을 얻었고, 밝고 화려한 겉면 대신 내면에서 고통과 아픔, 그리고 희망 없는 삶을 견뎌내야만 했지.

큰 세계를 경험하다

1930년 남편 디에고는 미국에서 벽화를 그리기로 했어. 그래서 프리다는 남편 따라 미국으로 건너갔지. 미국에서도 바람기 많은 디에고는 수없이 많은 여자들과 만나고 다녔어. 혼자 남겨져 외로움에 빠진 프리다는 자신만의 시간을 그림을 그리면 보냈지. 소외된 여자의 아픔은 그녀의 그림 세계에 독특하게 작용을 하게 되었어.

이때 디에고는 자신에게 온 기회를 놓치지 않아. 명성이 더욱 더 높이 올라갔지. 미국에서 번 돈으로 멕시코에 돌아와 집을 두 채 지었지만 디에고는 미국에서 더 큰 기회가 있다는 것을 알았어. 자주 미국을 가서 일거리를 따고 사람들과 교류했어. 이때 프리다는 젊은 리베라 부인으로 멕시코의 전통 의상을 입은 키 작고 독특한 여자로 사람들에게 받아들여졌지.

세상에 대해 반항하고 냉소적으로 대하며 지낼 때 프리다는 두 번째 아이를 임신했고, 그 아이를 또 잃고 말았어. 고통과 아픔은 더 커졌지. 그녀에게 유일한 탈출구가 바로 그림을 그리는 거야. 그림에서 자신의 처지와 현실을 그려냈어. 아기를 두 번이나 유산 시킨 경험으로 여성의 고통, 그리고 출산 등을 다룬 그림도 그렸어.

이때 사건이 하나 벌어졌어. 대부호 록펠러가 자신의 건물에 벽화를 그려 달라고 했는데 거기에 디에고가 그만 레닌의 얼굴을 그린 거야. 그러자 사람들은 레닌의 얼굴을 지우고 부서 버리라고 했고, 프리다는 격렬하게 반항했지. 많은 사람들에게 저항했지만 역부족이었어. 결국은 그 벽화는 산산이 부서져 버리고 말았어. 공산주의자의 얼굴을 록펠러 건물 벽화에 그릴 수 없다는 거야.

극대화한 고통

프리다는 계속 몸이 안 좋았어. 이 무렵 디에고는 프리다의 여동생인 크리스티나와 또 관계를 맺고 바람을 피우고 말았어. 이로 인해 프리다의 고통과 아픔은 절정에 다다랐지. 독립적인 여인으로 살고 싶어 했고, 질투에 사로잡혀 앙탈을 떠는 여자가 될 수는 없다는 생각에 프리다는 자신의 삶을 지키려 무진 애를 썼어. 그런 만큼 그녀의 고통은 더욱 더 심해진 거지.

멕시코로 돌아가 디에고가 지은 두 채의 집 가운데 하나인 자신의 집에 들어가 프리다는 지내게 돼. 많은 고통과 아픔 속에서 프리다는 진지하게 그림을 그렸고, 이때 아이러니컬하게도 그녀를 가장 지지해준 것은 또한 남편인 디에고였어.

"당신은 뛰어난 화가야. 붓을 손에서 놓지 말아."

그는 언제나 예술가로서의 프리다의 능력을 인정해 주고 칭찬해 주었지. 어느덧 프리다의 그림이 팔리기 시작했어. 이건 남편의 후광이 아니라 프리다가 스스로 얻어낸 거야.

프리다는 디에고와 이혼한 뒤 미국 뉴욕으로 가서 자신의 존재 감을 확인했고 자유롭게 사람들을 만나며 교류했어. 1939년은 건 강도 아주 안 좋았지만 그녀는 프랑스로 떠나 그곳에서 개인전을 열게 되었지. 엄청난 성공이었어. 지금까지 보지 못했던 독특한 그림 세계를 구경하러 사람들이 몰려 왔어.

1940년이 되자 프리다는 화가로서 중요한 위치를 차지하고 전시 회도 많이 출품했어. 미국에서 명성을 얻기 시작했지. 큰 그림을 그리기 시작했지만 야망을 가지고 있다거나, 성공하려고 노력하지 는 않았어. 모든 그림은 죽음의 공포를 이겨내려는 고통 받는 여인 인 프리다 자신을 표현하기 위한 것이었을 뿐이야.

하지만 이때 프리다에 몸 상태도 좋지 않았어. 학생들을 가르치 기도 하며 활발한 삶을 살려 애썼지만 고통은 점점 심해졌어. 몸이 망가져가는 거야. 너무 큰 사고로 손상된 몸을 지탱하기 위해 코르 셋을 차고 있으라고 의사들은 말했지만 다섯 달 동안 착용해도 몸 은 나아지지 않을 정도였지. 끔찍한 통증에 시달렸지. 그녀의 그 림들은 이때 그려진 것들인데 보고 있으면 정말 고통과 아픔이 끔 찍하게 느껴질 정도야.

죽음의 승리

1946년에는 뼈 조각의 일부를 제거했어. 하지만 그 수술이 잘못되어 재수술을 받아야 한다는 거야. 끊임없는 고통이 다시 시작되었지. 이때 그녀가 그린 작은 작은 사슴이라는 그림은 온 몸에 통증이 고통에 시달리는 사슴의 모습이 자신의 모습 그대로였어.

수술 받아도 회복이 되지 않았고, 점점 몸에 문제가 생기기 시작했어. 프리다는 이대로 살 수 없을 것 같았지. 죽음의 그림자가 늘 그녀 곁에 머물렀어. 다리가 문제가 되자 척추도 이상이 생겼어. 수술하고 봉합하고 다시 수술하면서 몇 번을 고통에 신음했는지 몰라.

병원에서 고통을 참아내며 프리다는 그림을 계속 그렸어. 그녀가 할 수 있는 것은 그것뿐이었어. 고통을 받아들이면서 누구에게도 불평불만을 하지 않았지. 우울하고 의기소침해 있었고 제대로 걸을 수도 없는 상태가 지속되었어. 죽음은 항상 그녀의 곁에서 머무르고 있었던 거야. 하지만 그녀는 끊임없이 자신의 고통을 직시하면서 그림을 그렸어.

1953년 그동안 그린 작품으로 멕시코에서 개인전을 열게 되었어. 이미 프리다의 작품은 많은 사람들에게 많은 인기를 얻고 있을 때였지. 하지만 그녀는 침대에서 일어날 수가 없었어. 몸이 너무 많이 나빠졌기 때문이야. 통째로 침대를 화랑으로 옮겨가게 되었어. 사람들이 북적대는 가운데 침대에 누워 있는 프리다 자체가 또 하나의 예술품 같았대. 수많은 사람들이 자신의 아픔을 프리다에게 위로받으려고 찾아오곤 한 거야.

이후 다리 일부분은 괴사되어 절단할 수밖에 없었어. 몸은 점점 망가지고 그녀는 죽고 싶다는 열망을 가지고 삶에 대한 의욕을 잃었지. 친구들이 와서 격려해주어도 그녀는 누운 채로 침대에서 있는 힘을 다해 고통에 저항하며 안간힘으로 그림을 그렸어.

생명은 강인한 거였어. 폐렴에 걸려도 공산당 시위에 참가하기도 했고 침대를 복도로 옮겨서 정원의 풀과 나무를 보기도 했어.

1954년 7월 13일 프리다는 일기장에 검은 천사를 그리면서 묘비명을 이렇게 적고 숨을 거두었어.

이 외출이 행복하기, 그리고 다시는 돌아오지 않기

인간의 행복에 과연 오래오래 사는 것이 필수조건일까? 장기를 갈아치우며 오래 산다 한들 그 삶이 충만한 것이 되지 않으면 의미가 있는 것일까? 어쩌면 삶은 길고 짧은 것이 아니라 얼마나 최선을 다해 열심히 살았느냐로 평가된다고 프리다는 우리에게 말해주고 간 것인지도 몰라.

프로필

- 동화작가. 소설가, 문학박사
- 〈가방 들어주는 아이〉 외 350권의 저서
- 문화예술스타트업 JW기획 대표
- 장애인식개선 강사
- Kingkkojang@hanmail.net

애증의 갈비찜

김준호

2022년 추석은 과거와 달랐다. 지금껏 면목동 여사—어머니의 별칭—가 준비하시던 추석 음식의 가장 큰 메뉴인 갈비찜을 우리 부부가, 특히 내가 만들기로 했기 때문이다. 면목동 여사 앞에서 호기롭게 갈비찜을 만들기로 했지만, 평소 음식을 별로 안 해 본 내가 감당하기에는 갈비찜은 좀 어려운 요리였다. 유튜브를 통해 갈비찜 만들기 영상을 공부했다. 몇 편을 보니, 재료 준비와 양념 만들기, 재워두기 그리고 최종 찜을 해 먹는 과정으로 나눠 볼 수 있었다.

시간이 흐르고 추석이 다가올수록 갈비찜을 준비하는 일이 부담스럽게 다가왔다.

'추석 명절 음식 만들기 스트레스가 이런 것인가?'

늘 들어왔던 주부의 추석 스트레스가 조금은 공감되는 2주간이 흘러갔다. 추석이 3일 앞으로 다가와 우선 재료부터 샀다. 재료 구매도 만만치 않았다. 대형마트 정육코너에 소갈비 부위가 없어서 동네 정육점을 찾았다. 2킬로그램 조금 넘게 사니 13만 원이 들었다.

양념을 위한 재료로는 사과, 배, 파인애플, 황색 설탕, 맛술, 진

간장, 참기름 등을 준비했고 당근과 무, 대추, 표고버섯, 밤 등의 채소를 구비했다. 핏물을 제거하기 위해 소갈비를 물에 담그고, 그 사이 재료들을 믹서기에 갈아 삼베보자기에 담아 즙을 내어 정성껏 양념장을 만들었다. 소갈비의 핏물을 버린 후 양념에 재어 냉장고에 넣었다.

추석 전날, 3일간 숙성시켜 양념이 밴 소갈비를 내와서 들통에 끓였다. 끓이면서도 계속 기름을 걷어냈다. 마침내 소갈비찜이 완성됐다. 한번 먹어보니 참 맛있었다. 추석 당일, 갈비찜을 담아 면목동 여사에게 달려갔다.

"어머니 소갈비찜 드셔 보세요."

"오, 그래."

다행히 어머니도 입에 맞으시는지 맛있게 드셨다. 문득 궁금해져서 어머니께 여쭤보았다.

"그런데 엄마, 작년까지 먹던 그 갈비는 무슨 갈비예요?"

"그거, 돼지 갈비지."

"아."

나는 왜 당연히 소갈비로 해야한다고 생각했을까. 진작 여쭤보지 않았던 것을 후회하며 또 궁금한 걸 여쭤보았다.

"직접 해보니 양념이 손이 많이 가고 참 까다롭던데, 일일이 그 양념을 다 만드셨던 거예요?"

"아니, 보통 시장에서 사 오지, 시장에 돼지갈비용 양념장, 잘 나온단다."

'뭐라고? 양념장을 사서 해도 되는 것이었나?'

나는 당연히 양념도 손수 만드셨을 거라고 생각했고, 당연히 손

수 만든 양념에 재 오라는 뜻으로 받아들였다. 괜히 오버해서 마음 고생하며 지냈던 지난 일주일이 주마등처럼 스쳐갔다. 아무튼 덕분에 소갈비찜 얘기로 와르르 웃었고 거기에 명절 스트레스도 진하게 느껴본 여러모로 기억나는 추석이었다.

갈비찜 사건은 2023년 설날에도 이어졌다. 설날을 나흘 앞두고 면목동 여사와 통화를 했다.

"어머니, 몸은 어떠세요?"

며칠 전 코로나19 확진 이후 어머니와 매일하는 통화는 몸을 챙기는 대화부터 시작됐다.

"괜찮아졌어. 그런데 이번에 갈비찜은 할 것 없다. 내가 이미 다 재 놨어."

"뭐라고요? 며칠 전 저희에게 갈비찜 만들라고 하셨잖아요. 어제 갈비찜용 고기 다 주문하고 재료도 다 샀는데, 그건 무슨 말씀이세요?"

"아니, 너는 뭘 그렇게 일찍 갈비를 샀니?"

"갈비찜용 고기는 일찍 움직여야 좋은 고기를 잘 살 수 있잖아요. 게다가 사나흘 전에 미리 양념에 재 놔야 한다고 몇 번이고 말씀하셨잖아요. 저한테 먼저 물어보셨어야죠!"

나도 모르게 언성이 높아졌다.

"너는 뭘 이런 일로 화를 내고 그래? 끊으마."

큰 소리를 내고는 어머니와 전화를 끊었는데 그러고 나서도 계속 화가 치밀었다.

'엄마는 왜 일방적으로 의논도 없이 이러시는 거지?'

작년 추석부터 어머니의 권유로 시작된 명절날 갈비찜 준비는 2

회째를 맞아 그만 어머니와 갈등의 원인이 되고 말았다.

물론 우리 동네 정육점에 미리 주문한 고기는 다른 용도의 고기로 바꾸든가, 아니면 나중에 또 갈비찜을 해 먹든가 하면 될 일이다.

'왜 이렇게 화가 날까? 내가 화가 난 지점은 어떤 부분일까?'

곰곰이 생각해보니 내가 이렇게까지 화가 나는 것은 평소에도 의논하지 않고 뭐든지 일방적으로 결정하고 밀어붙이시던 어머니의 태도가 떠올랐기 때문이었다. 과거를 돌아보면 어머니는 매사에 나를 염두에 두지 않으셨다. 당신이 원하는 대로 결정하는 편이라 난 내 의견을 미처 말해 볼 기회조차 없었다.

30대 시절, 우리 집에 놀러왔던 회사 후배가 내 방을 둘러본 후 했던 말을 지금까지도 잊지 못한다.

"팀장님 방인데 팀장님 물건은 거의 없네요."

그 때, 나는 처음으로 그 사실을 깨달았다. 내 방을 내가 청소하는 것도 못마땅하게 여기는 어머니였다. 어머니는 나에게 하나의 벽이었다. 도저히 넘을 수 없는 벽처럼 느껴졌다.

사회생활을 하면서 나의 주장을 관철시키는 즐거움도 느껴보고, 서로 의논하고 토론하며 일하는 것에 익숙해지자, 유독 어머니와의 관계에서 직면했던 어머니의 일방적인 태도는 나로서는 더욱 참기 힘들어졌다. 세월이 흘러 이제 결혼해서 독립적인 생활을 하는 나로서는 함께 하는 일에 대해서 어머니와 의논하고 싶은데 실제로는 그렇게 못하는 것이 화를 불러일으켰던 것이다.

며칠 후 어머니가 설날을 맞아 우리 집에 오셨다.

"준호야, 내가 코로나19가 걸리고 난 후 입맛이 없길래, 갈비찜이라도 먹어볼까 해서 의논하지 않고 일단 먼저 샀던 거야."

평소와 달리 어머니는 미안한 기색을 내비치셨다. 어머니의 그런 태도가 의외였다. 미안하다는 이야기를 거의 하지 않는 분이 사과의 뜻을 표한 것이다.

'젊어서 혼자되신 어머니가 삶을 지키려다 보니 그리되셨겠지. 연세 드셔서 약해지시는데, 그게 뭐 대단한 일이라고 그렇게 화를 냈을까.'

"어머니, 제가 화난 것은 어머니가 평소에 저랑 의논하지 않는 태도 때문이었어요. 저도 죄송해요."

어머니가 만들어 오신 애증의 갈비찜을 먹으면서 화해의 그믐밤은 더욱 깊어갔다.

🍃 **프로필**

- 경기 포천 출생
- 1995년 〈대학문학신문〉 기자
- 1997년 〈영어에 성공한 사람 17인이 털어놓는 영어학습법〉 저술
- 2000년 〈한국고교신문〉 편집장
- 2017년 〈1인1책, 베스트셀러에 도전하라〉 등 총 20여권 저술
- 2022년 〈스토리 문학〉 수필분야 신인상으로 등단
- 2023년 1인1책 284호 기획출판

농부일기
– 쇠비름

도시에서 온 아주머니
어느 것이
소 비듬(쇠비듬)이요?
고추 밭고랑
저 풀들
다 뽑아가세요
파란 것은 버리고
붉은 것만
잘 삶아서
양념하면 아주 좋아요

독성이 강해서
그렇다네요
햇볕과 바람
달맞이꽃 돼지감자 엄마나물
계절도 가져다
마음껏 드시고
늘
웃으시며
건강하세요

농부일기
– 풀약

풀약 주세요 가슴에 불이났소

화급(火急)이요

풀들이 작물보다 훌쩍 컸으니

날은 뜨겁고 창피해서

밟고 달려서 왔소

이게 어디 얼굴이요

어려서 호미로 긁거나

아예 못나오게

약을 치시던지

일손이 딸리니 어쩔 수 없었소

장마가 지면 더 큰 일

트랙터로 갈아엎을까?

풀 죽이는

 제초제 (작물환경개선제)를

'풀약!' 이라니? (웃으며)

그래도

'풀약!' 이라 부르니 좋소

머위와 도라지

씀바귀 질경이에게 편지를 쓸까?

어쩐지

춘천 가는 새

강마을 안개를 깔고
새벽으로 누운 꿈 속
개동백 노오란 꽃잎
눈웃음을 준다
도시의 비듬을 털며
휘파람을 데리고 어쩌다 가면
새가 되어서
두 세 번은 어김없이 오는 그녀

바위에 올라 가곡을 부르다
허리가 휘인 저 소나무
턱수염 긴 사내도 온다
오래전 가다가 홍수를 만나고
끊긴 그 다리를 이으며 온다
굽이치는 물결 위로
스물 넷 내가 가고
그리움으로 춘천이 온다

유채밭

섬에 와서 살을 부비는 나비
꿈이 길면 얼마나 길고
사랑이 달면 얼마나 달까
침묵도 미쳐서 입을 연다
가늘게 울렁이며
노랗게 노랗게
신혼(新婚)이룬 저 유채밭
눈 밝히는 기쁨이여

길

뜻 모를
새소리
안개로 풀림인가
예불(禮佛) 향내 나는 길이
숨다가
들키고 있다
눈 내린
아침

프로필

- 1955년 충북 진천 출생
- 1982년 〈우리 함께 사는 사람들〉
  (영학사, 정신세계사, 예진) 1,2,3집
- 1988년 예술계 신인상 등단
- 1997년 농민문학 작가상, 시집 〈 칠장사 입구〉
  〈서울로 간 나무꾼〉 〈작은 연인들〉
- 시평집 〈 식탁 위에 올라 온 시〉,
- 중국어판 시와 시평집 『 自然與倫理』(河南人民出版社)
- 2015년 산(山)문학상, 2022년 충북예술상(창작부문)